¡Vaya lío... en Río!

Ana García-Siñeriz

Jordi Labanda

 DESTINO

DESTINO INFANTIL Y JUVENIL, 2014
infoinfantilyjuvenil@planeta.es
www.planetadelibrosinfantilyjuvenil.com
www.planetadelibros.com
Editado por Editorial Planeta, S. A.

© del texto: Ana García Siñeriz, 2014
© de las ilustraciones de cubierta e interior: Jordi Labanda, 2014
© Editorial Planeta, S. A., 2014
Avda. Diagonal, 662-664, 08034 Barcelona
Diseño de cubierta y maquetación: Kim Amate
Primera edición: junio de 2014
Tercera impresión: enero de 2016
ISBN: 978-84-08-13052-9
Depósito legal: B. 10.849-2014
Impreso por Cayfosa
Impreso en España – Printed in Spain

El papel utilizado para la impresión de este libro es cien por cien libre de cloro
y está calificado como papel ecológico.

Este libro es de

....

Lo leí el .... de .... de ....

en ....

Me lo regaló ....

Cuando lo termines, elige una casilla:

☐ ¡Chulísimo! ¡Genial! ¡Me chifla!
(Ésta **ES** la buena.)

☐ Interesante, ¡ejem!
(Esto es lo que diría un crítico sesudo.)

☐ Me falta algo.
(Eso es que te has saltado páginas.)

☐ Para dar mi opinión, tendría que leerlo de nuevo.
(Buena idea. Empieza otra vez.)

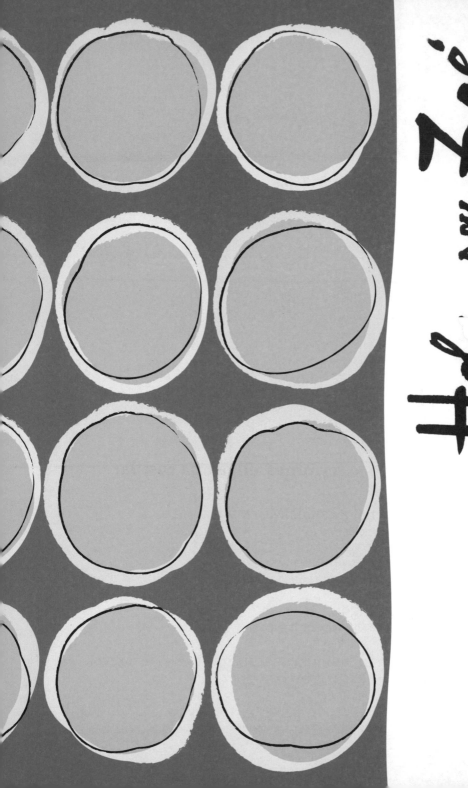

Hola, por Zoé.

¿Te gusta mi nombre?

A mí, sólo a veces. En mi colegio me llaman **«zo-penca»** y **«zo-zo-zo-zombie»**. Muy originales, ¿verdad?

Si vamos a conocernos, mejor que me presente...

A veces saco *malas* notas. Y mi profesora se queja de que me distraigo con el vuelo de una mosca, pero es que me aburro en clase. Y es que

¿quién no se ABURRE allí?

Mi familia

mi madre →

← yo

← mi hermano Nicolás

Mi familia es algo especial.

Mis padres viven en **DOS** casas en **DOS** países diferentes,
y tengo una hermana a la que sólo veo de vez en cuando...
¡increíble!, ¿no? ¡Bueno! Ya te hablaré de ellos con
detalle *más* adelante.

Para empezar, te presento a mis amigos. ¡Juntos nos lo
pasamos GENIAL!

Somos La Banda de Zoé.

Y si quieres, tú también puedes formar parte de nuestra
banda, ¿eh?

Álex

Álex es nuestra especialista en todo lo que tenga que enchufarse...

¡es una *crack!*

Se llama Alexandra pero prefiere que la llamen Álex.

La conocí el primer día de clase. Me defendió en el patio del colegio y desde entonces somos

¡INSEPARABLES!

Le vuelven loca:

Las películas de aventuras, los cachivaches tecnológicos y los ordenadores.

Los pasteles y las chucherías... **¡es MUY golosa!**

No soporta:

Las faldas, las muñecas, la laca de uñas ni nada que sea de color ROSA.

De mayor:

Quiere ser campeona de Fórmula 1.
O astronauta.
O campeona de...
¡es incapaz de elegir!

Ésta es Álex

Liseta es genial para los casos que necesitan de un poco de *intuición* femenina. ¡Ella la tiene toda!

Y además, en su bolso es capaz de encontrar lo que necesitemos en cada momento...

¡parece **MÁGICO**!

Le chifla:

¡La moda! Y *maquillarse* con las pinturas de su madre.

Aunque es guapísima y su pelo es rizado y precioso, solo sueña con una cosa: tener el pelo LISO.

Detesta:

Hacer deporte, correr, sudar, despeinarse; que Álex le tome el pelo (y más si acaba de salir de la peluquería).

Marc

Marc es el *único* chico de nuestra pandilla.

En seguida se le ponen las orejas tan **ROJAS** como dos pimientos. Es muy inteligente. Tanto, que se hace el tonto para que no le llamen empollón. ¿Tú lo entiendes? Sus padres *tampoco* (sobre todo, cuando le dan las notas...

¡Uuuuuy!).

Éste es Marc

Le encanta:

Aprender, leer, saber...

Odia:

Marc no odia nada.
Pero parece que a él le odien
los lácteos, el gluten,
los perfumes, el chocolate...

¡es ALÉRGICO
a casi todo!

De mayor:

Quiere ser **ESCRITOR**.
Por eso acarrea una
mochila con libros que
nos ayudan en nuestras
aventuras.

Kira

Y *Kira* es mi *queridísima* perrita y miembro honorífico de La Banda de Zoé.

Parece un Labrador pero no es de raza pura. Amanda, la exnovia de mi padre, la llama **"ÇHUÇHUS ÇALLEJERUS PULGOSUS"**.
(Luego hablaré de Amanda... ¡ufl)

¡Esta es KIRA!

Sus hobbies:

Perseguir a *Nails*,
el gato de Amanda.

¡Ah!, y robar las chuletas
de ternera en cuanto se
descuida mamá.

Está en contra de:

Los perritos calientes
(por *solidaridad* perruna).

Y de que mamá la meta en la
bañera. Por eso, no la bañamos
muy a menudo. Mamá dice que
es una perra ecológica porque
es de *bajo mantenimiento*,
como su coche.

Y yo, que soy Zoé

Me gusta:

Resolver misterios con la Banda, los *pasteles* de chocolate, abrir antes que mi hermano el paquete de cereales para quedarme con el regalo, je, je...

¡y pisar los *charcos* sin mojarme los calcetines!

No me gusta:

Cortarme las *uñas* de los pies (¡quē grima!), el pescado con espinas, los domingos por la tarde, ¡ni que se rompa la mina en el *sacapuntas* cuando afilas un lápiz!

Vivo en las *afueras* de una ciudad con mi madre y Nicolás, mi hermano pequeño; **un *pesado***.

Mamá es muy buena y nos quiere mucho. Trabaja en una organización que recoge perros abandonados (así encontramos a *Kira* cuando era un cachorro).
Y por eso nuestra casa está *llena* de animales. Y al lugar en el que me reúno con mis amigos lo llamamos **«el gallinero»**.

Y para entender a mi familia se necesita un árbol genealógico, por lo menos...

La Banda de Zoé
somos Álex, Liseta, Marc y yo.
(Bueno, y *Kira*...)

Aunque viajamos por todo el mundo, siempre nos reunimos en el gallinero (sí, sí; un auténtico gallinero) para planificar nuestros casos y, vale, lo reconozco, discutir algunas veces... ¡pero siempre con buen humor!

Marc, Liseta, Álex y yo no dejamos que ningún caso quede sin respuesta, aunque a veces nos cueste encontrar la respuesta acertada, je je.

Y en Río, con tantas playas, y una ciudad tan maravillosa, y todo el lío que montan una top model, Amanda, el rey de las patatas fritas y hasta un mago...

¡nos costó lo nuestro
encontrarla!

Rumbo a Río

¡NO PODÍA CREERLO!

Marc, Liseta, Álex, *Kira* y yo, con los cinturones debidamente abrochados, las mesitas plegadas y cómodamente sentados en el asiento de nuestro avión... ¡despegábamos rumbo a **Río de Janeiro!**

Rose lo había organizado todo, y todo estaba saliendo a la perfección.

—¡**Zoé!** *Kira* y tú me estáis aplastando —protestó Liseta, estirándose en su asiento—, y tú, Marc, apaga la luz, que quiero dormir.

—¡Y yo quiero leer! —contestó Marc—. Ya me explicarás cómo lo hago con la luz apagada...

Estábamos nerviosos por el viaje. Aunque no era el primero que hacíamos, sí era el primero al que nos lanzábamos sin saber por qué abandonábamos nuestro querido gallinero.

—Habrá un motivo importante, seguro —dije—. Si no, papá no nos habría subido a un avión rogándonos que nos presentáramos en Río en veinticuatro horas.

—¡Una sorpresa! —precisó Liseta—. Y no hay nada más complicado que hacer una maleta a ciegas... ¡Detesto la incertidumbre! Sobre todo, cuando se trata de mi vestuario —añadió.

—Ja, ja —se rio Álex—, ¿por eso llevas cuatro maletoncios del tamaño de una furgoneta? Déjame adivinar... ¿Modelito fiesta informal, modelito fiesta elegante, modelito almuerzo en el campo?...

—¡¡¡No te rías de mí, que estoy MUY ESTRESADA!!! —dijo Liseta llamando a la azafata—. Y sí, lo tengo **TODO** previsto: fiesta en Copacabana, día de playa en Ipanema, partido de fútbol en Maracaná, excursión al...

—¡Socorro! —exclamó Álex—, no va a dejarnos ni un minuto de descanso.

Marc, sin embargo, aprobó el plan de Liseta. Y a *Kira*, lo de la playa de Ipanema le sonó la mar de bien... ¿He comentado ya que a *Kira* no le gusta nada el agua, excepto el agua del mar?

Álex terminó de comerse el pan de mi bandeja, se limpió con mi servilleta y señaló a Liseta.

—Espero que no te hayas traído uno de esos **BIQUINIS MEGA FASHION** para el viaje brasileño... ¡Recuerda que estamos de servicio!

—¡Qué antigua eres, Álex! Pues sí, me he traído uno... ¡y pienso ponérmelo! Es mi modelo especial Copacabana. ¡Es **SÚPER GUAY**!

Álex se calló y se concentró en un libro gordísimo. Algo, la verdad, no muy habitual en ella.

—¿Qué lees? —preguntó Marc, tratando de adivinarlo.

—Un libro sobre los camaleones —dijo Álex—. Son unos animalitos minúsculos, capaces de mimetizarse con lo que tienen alrededor. ¡Increíble!

Por una vez, Álex se comportaba como Marc, y Marc, como Álex.

—¿Y qué es mimetizarse?—pregunté intrigada.

Marc se aclaró la garganta y comenzó a explicar en plan profe.

—Es la facultad de los saurópsidos escamosos de...

¡Socorro! Menos mal que Álex lo interrumpió.

—Esto —dijo, y me mostró en el libro las fotos de un camaleón sobre diferentes fondos. ¡Alucinante! La piel del camaleón cambiaba hasta confundirse con el fondo. Eran **IGUALES**.

—Estoy perfeccionando un aparato nuevo —dijo satisfecha—. El camaleonizador exprés. ¡Alucinante!

GLUPS

Con Álex todo era posible. Liseta y yo nos miramos esperando que no nos convirtiera en un bicho con cola, ojos saltones y lengua extensible, ¡UGHHH!

—Bueno —dijo Liseta—, pero no lo uses hasta que esté totalmente perfeccionado. Por si las moscas, yo también me he traído algo —dijo abriendo su bolso—: ¡ESTO!

—¿Y eso qué es? —preguntó Álex—. ¿Un lazo del pelo?, ¿un tirachinas?, ¿un cordón para los zapatos?

—No. Es mi biquini nuevo. ¡Y me lo pienso poner!

Liseta cerró la discusión y sacó una revista para entretenerse lo que quedaba del viaje. ¿Y a que no sabéis quién estaba en la portada?

¡¡SÍIII !!

Mejor dicho,

¡¡¡NOOOOO!!!

JELOU!

COTILLEO SEMANAL - NÚM. 3.295.384

¡Hola, en Canarias!   ¿Qué tal, en Portugal?

BODA DE AMANDA SIGARET ¡Y VAN OCHO!

8

Pues sí, amiguitos, **Amanda** ha vuelto a hacerlo. El marido *number 8* se ha cruzado en el camino de nuestra *celebrity* favorita y se disponen a pasar su luna de miel… ¡en Río de Janeiro!

Pronto será el carnaval, y la elección de su reina tiene a todas las celebridades internacionales revolucionaditas.

Se han presentado la top model **Amanda Mang**, por supuesto, nuestra recién casada **Amanda Sigaret** y hasta la mismísima **Matilde**… *¡¡YEAHH!!*

Todavía muy sorprendidos por la octava boda de nuestra querida Amanda, aterrizamos en Río. Y la verdad es que tener un padre como el mío no es muy normal, pero...

¡es GENIAL!

Papá nos estaba esperando en el aeropuerto, junto a Rose, un coche reluciente y un enorme ramo de flores.

—¿Es para mí? —pregunté emocionada.

—Para mi niña favorita —señaló papá—, para darle la bienvenida a una de las ciudades más vivas e interesantes del mundo.

Y de allí fuimos directamente a su nuevo apartamento, el último piso de un modernísimo edificio en la playa de Copacabana, desde el que se podía ver todo Río de Janeiro.

—Aquello es la Bahía de Guanabara, y aquello es el Pan de Azúcar.

—¿Dónde? —interrumpió Álex—. El viaje me ha abierto un poco el apetito.

—El Pan de Azúcar es un monte —aclaró Marc—. Y lo que hay encima es una estatua, la del Cristo de Corcovado, uno de los monumentos más grandes de Río y el emblema de la ciudad.

Papá lo tenía todo previsto así que entramos para merendar. Álex no daba crédito.

Papá, el adivino

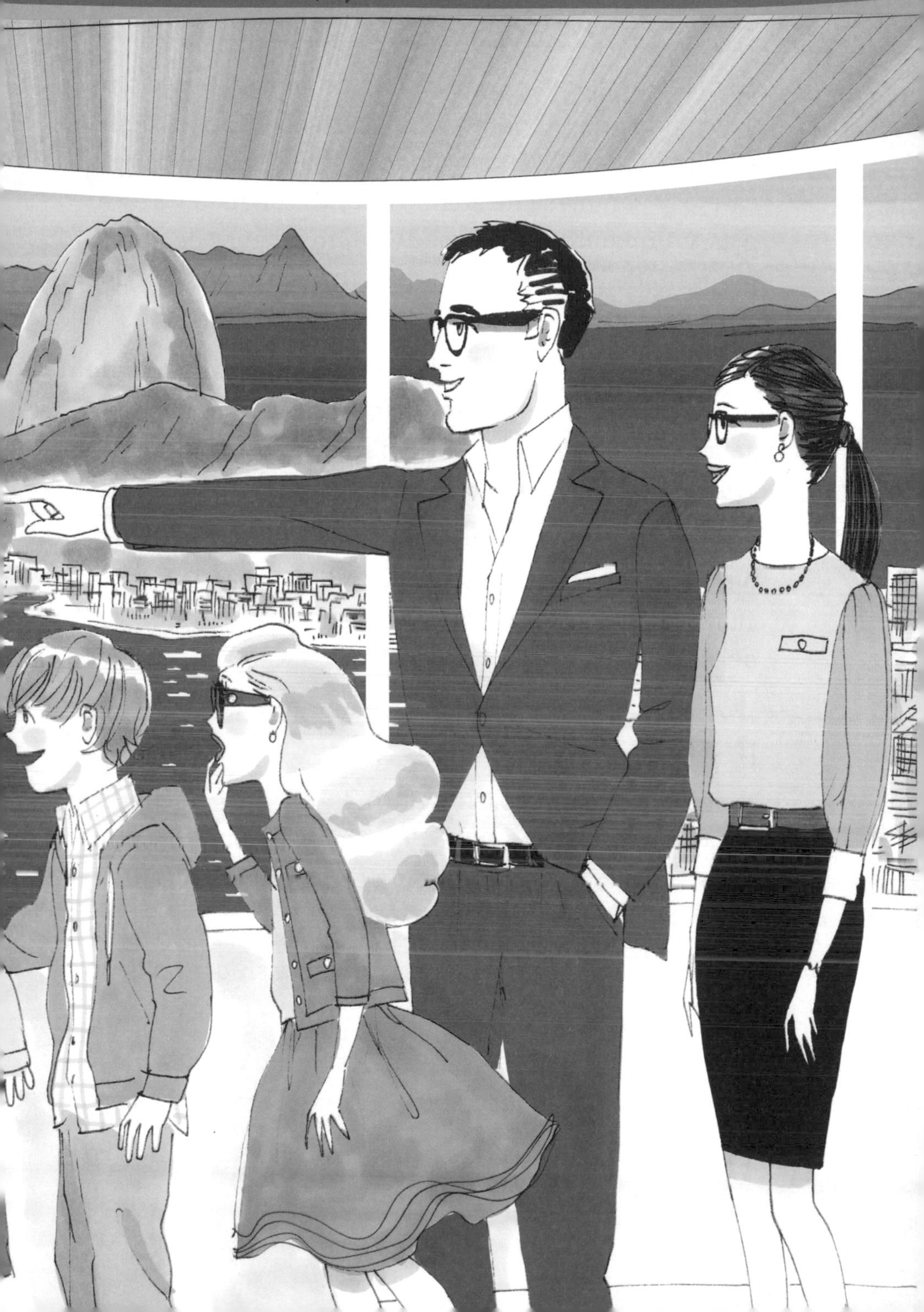

—¡Esto sí que son panes de azúcar de verdad! —exclamó agarrando uno—, y rellenos de mermelada de frambuesa, ñam, ñam... Y sándwiches vegetales con mahonesa casera, y naranjada helada, y fresones con nata y azúcar glas, y tronquitos de chocolate negro rellenos de naranja confitada... ¡Esto es un festín! ¡Que viva Río! ¡Me encanta!

Rose no paraba de sonreír al ver el efecto que la merienda causaba en Álex (bueno, y en todos nosotros, je, je). ¡Ni siquiera se había olvidado de preparar un platito con galletas perrunas para *Kira* y un bol de agua fresca. ¡Qué detalle!

—Y ahora llega la razón por la que estáis aquí —anunció papá—. Y para eso tenéis que acompañarme a la habitación de al lado, con las manos bien limpias y la promesa de que no vais a tocar nada de nada.

—¡Por supuesto! —dijo Álex—, nada de nada de nada, ¡NADA!

Rápidamente, tragamos los últimos bocados de fresón (delicioso) con un buen trago de naranjada natural y muy fría, y seguimos a papá a una sala enorme con aspecto ultramoderno.

—¡Guau! —exclamé—, me encanta este sitio, está lleno de obras de arte.

—Bueno —aclaró papá—, este apartamento ya es de por sí una obra de arte. Es un edificio del gran Oscar Mieneyer...

—¡Y vaya cuadros! —comentó Liseta—. Éste yo creo que lo conozco...

—Efectivamente —dijo papá—. Es la joya de mi colección, un **Nicasso** auténtico: el *Retrato de mujer con sardina en escabeche (y currusco de pan)*. ¡**Por fin**!

Papá se echó hacia atrás para apreciar mejor la obra, emocionado por su nueva adquisición.

Álex lo miraba cabeza abajo.

—¿Estáis seguros de que está colgado del derecho? —preguntó volviendo a girar la cabeza—. A mí me parece que está al revés.

Marc lanzó un bufido mirando a Álex. ¡Cómo podía decir esas cosas!

—Está del derecho —dijo—. Este cuadro está fotografiado en todos los libros de arte del mundo... ¡Es una obra maestra!

—... que, efectivamente, está colgada del revés —reconoció papá—. ¡Tienes razón, Álex, no me había dado cuenta, je, je!

Marc se puso a silbar, contemplando otro cuadro mientras Álex saboreaba su triunfo. A ella no le haríamos ni caso, pero de **Nicassos** sabía más que nadie.

Rose entregó a papá unos guantes blancos y sacó otros para ella misma. Después de ponérselos, entre los dos, le dieron la vuelta al cuadro con mucho cuidado.

—Ahora sí que veo un auténtico **Nicasso** —dijo Álex—. ¡Una obra maestra! —repitió.

Papá no había terminado.

—La razón de pediros que vinierais con tanta urgencia es que he organizado una pequeña fiesta para presentar mi colección, y me temo que... ¡Van a robarme este cuadro!

Álex, Marc, Liseta y yo nos miramos asombrados (hasta *Kira* lanzó un ladrido de sorpresa). ¡Iban a robar el cuadro! Pero ¿y cómo podía saberlo?

—Como os decía —siguió papá—. Van a robar este cuadro. Y además, sé quién lo hará.

¡Esto era la crónica de un ROBO anunciado!

Qué intriga, ¿NO?

Las notas de Marc

IMPRESCINDIBLES
DE
Río de Janeiro

El Pan de Azúcar

Es un «morro» o monte situado a la entrada de la bahía de Guanabara, en Río de Janeiro.

¡Tiene 396 metros de altura!

El Cristo de Corcovado

Una estatua de 38 metros situada en todo lo alto del cerro del Corcovado, a más de 700 metros de altura. La imagen más emblemática de la ciudad.

El Sambódromo de Río

Es el espacio dedicado a los desfiles de las escuelas de samba de Río de Janeiro durante el carnaval. Lo diseñó el arquitecto Oscar Niemeyer en 1984 y mide...

¡más de medio kilómetro!

Ipanema y Copacabana

Las mejores playas de Río, la sofisticada Ipanema y la bella Copacabana, también llamada la *princesinha* (princesita) del Atlántico.

Maracaná

Fue el estadio de fútbol más grande del mundo durante mucho tiempo (caben 78.000 personas).

Un auténtico Nicasso

¡Si papá quería dejarnos con la boca abierta, desde luego, lo había conseguido! Iban a robarle el cuadro y encima sabía quién. Entonces ¿para qué nos necesitaba?

—Para descubrir al ladrón, claro está —dijo papá contemplando su **Nicasso** desde otro ángulo—. Sé quién es el ladrón, pero **NO** sé quién es el ladrón.

—¡**Vaya lío!** —exclamó Álex—. ¿En qué quedamos? ¿**LO** sabe o **NO** lo sabe?

—¿De qué me suena a mí eso? —dijo Liseta como para sí—. ¡Ah, sí! Lo he visto en la tele, je, je...

Papá no solía ser tan confuso; que tuvieran un poco de paciencia.

—¡Un poquito de por favor! —exclamé.

—¡**Eso también me suena!** —dijo Liseta.

—¿Y el **Barbas**? —preguntó papá—. ¿También os suena?

—Pues sí —dijo Álex—. Pero no sé de qué.

—Je, je —se rio papá—, mejor ¡porque es un ladrón! ¡El ladrón que va a robarme el **NICASSO** si no lo impedimos!

¡Pues claro que lo impediríamos!

—Papá, tú dinos quién es ese señor *Barbas* y vamos a la policía y ya está.

—¡Ése es el problema! —respondió papá—. Nadie sabe quién es el *Barbas*.

Entonces ¿cómo sabía que iba a robarle el **Nicasso**? Rose nos tendió un periódico.

Núm. 291.920. Año XXIV

INFORMACIÓN AL SEGUNDO

SAMBA TIMES

¡El Barbas VUELVE A HACERLO!

Anoche, el célebre ladrón que lleva birlando cuadros y otras obras de arte desde hace un porrón de años, consiguió llevarse la célebre *MONA FELISA*.

Dejó su firma, como siempre: una reproducción del cuadro robado, con unas barbas pintadas en medio de la cara, y una notita en la que anunciaba el próximo objetivo para su colección: el *Retrato de mujer con sardina en escabeche (y currusco de pan)*, uno de los **Nicassos** más cotizados del mundo, propiedad de un coleccionista anónimo.

¡Este coleccionista debe de estar temblando ante la que se avecina!

Un cocodrilo denuncia que no lo admiten en la asociación de capoeira

La Asociación Brasilera de Capo̶ ra considera inadmisible que uno̶ sus miembros no se cepille los die̶ tes a lo que el reptil alega la falta d̶

Pero ¡qué era aquello! ¿Papá temblando? Eso ¡**NUNCA!**

Y menos nosotros. ¡**Ja!** Que temblara el **Barbas** ese...

—Por lo menos, sabemos que no es ningún jovencito —dedujo Álex—. Si lleva actuando tantos años...

—**MUY** buena deducción —aprobó Marc—. Vamos a tener que dar lo mejor de nosotros mismos para resolver este misterio.

¡**Desde luego!** Pero ¿por dónde empezar?

Los invitados

Papá no parecía muy inquieto por el robo anunciado. Es más, disfrutaba con los preparativos de la presentación de su colección. A esa hora esperaba a algunos invitados especiales, que incluso iban a dormir en su casa.

—Además, todo va a coincidir con el carnaval... ¿Sabéis que cada año eligen a una Reina del Carnaval? —preguntó—. Tengo la impresión de que la elegida puede ser alguien... muy cercana a nosotros.

Liseta se rio nerviosa y halagada.

—Bueno —respondió—, la verdad es que nadie sabe que estoy en Río, así que sería toda una sorpresa.

Papá tosió, algo confundido, sin atreverse a llevarle la contraria. Me di cuenta de que **NO** estaba pensando en Liseta.

—¿Desde cuándo eligen a mocosas con bolso como reinas del carnaval? —soltó Álex con muy poco tacto—. No se refería a ti, Liseta, a menos que haya microrreinas de juguete.

—¡Lo he dicho de broma! —dijo Liseta muy digna—. Por supuesto que elegirán a alguien mayor, y más famosa, y con ropa de marca...

—¿Estáis hablando de mí? —preguntó una voz **MUY** familiar.

¡¡HORROR!!

¡Pero si era la voz de Amanda! ¿Qué pintaba **ELLA** en casa de papá? ¡UF! Si acababa de casarse con otro marido al que, por cierto, venía arrastrando como si fuera una maleta con ruedas.

—¡Hola, pulgas marcianas! —nos saludó—. He oído palabras como «reina», «famosa», «ropa de marca»... y he llegado a la conclusión de que hablabais de mí, ¿no?

—¡Buena deducción! —exclamó Álex—. Y eso que se te ha escapado «mayor», je, je...—añadió aprovechando que papá había salido a saludar a otros invitados.

—Veo que sigues tan adorable y mal vestida como siempre, piojillo —señaló Amanda estirando la mano para que viéramos una sortija con un pedrusco **ENORME**. ¡Más que un anillo, era una rueda de camión!

—¡UY, Amanda! —exclamó Liseta impresionada—. **YO**, de mayor, quiero ser como tú.

Marc y Álex lanzaron una de sus miradas furibundas (usando la **TOF**, **TÉCNICA DE LOS OJOS FURIBUNDOS**) a Liseta, y yo, para suavizar el ambiente, saludé al nuevo marido de Amanda.

—Muchas felicidades por su boda, Mr... —dije tendiéndole la mano.

—Potato —dijo él—, King Potato.

—Aunque yo lo llamo *Barbitas*, por la barbaza que lleva, ji, ji —se rio Amanda tirando de la barba a King Potato.

¡¡King Potato!! PERO ¿qué nombre era ése?

—En realidad no se llama ni King ni Potato, sino Pepelu Pérez, pero lo llamamos cariñosamente King Potato porque es el rey de las patatas fritas. ¡Como esas que se está comiendo esa criatura sin elegancia ni estilo personal!

Amanda señaló a Álex, que se quedó con gesto sorprendido y una patata a medio camino entre la bolsa y la boca. Y no era para menos, porque por muy mal que nos cayera Amanda, ¡King Potato era, además de su octavo marido (¡¡QUÉ FUERTE, OCHO MARIDOS!!), el creador y propietario de nuestras patatas favoritas de todos los tiempos!

A Marc le chiflaban las de sabor a barbacoa; a Álex, curio-
samente, las de cactus con pinchos; a Liseta, las de coliflor
rehogada con curry, y a mí, las de finas hierbas. Inmediatamente a Álex, Liseta, Marc y a mí nos cayó **MUY** bien.

—Estoy aquí en Río para elegir a la Reina Patatinha —nos
aclaró sonriendo y poniéndose muy rojo—. Una
Reina del Carnaval pero versión patata frita.

Liseta se acercó para oírlo mejor, repentinamente
interesada.

—Reina Patatinha, ¿eh?
—dijo—. ¿Qué es, como
patata pero en brasileiro,
no? ¿Y qué hay que
hacer para ser la
Reina
Patatinha?

—De entrada, ser muy mona
—cortó Amanda— y
muy patata. Y **TÚ** no
cumples **NINGUNO**
de los requisitos;
¡sólo el de que
de verte me da
un PATATÚS!

La verdad es que no nos había aclarado mucho. El pobre King se veía muy azorado frente a Amanda, que no se cortaba ni un pelo, aprovechando que papá había salido a recibir a nuevos invitados.

—Y desde luego, ve quitándote de esa cabeza que hace meses que no ha pasado por una buena peluquería que **TÚ** puedes ser la Reina Patatinha. ¡JÃ!

—Pero, Amandinha... —quiso interrumpir el pobre King—. Si esta jovencita sólo quiere...

En ese momento entró papá con dos nuevos invitados y King Potato se quedó con la palabra en la boca, igual que Álex se había quedado antes con la patata en el aire.

¡Y qué invitados!

Ojo al dato

TODO EN INHA

Patatinha, princesinha, Amandinha...
es el equivalente a nuestro ita. Y se pronuncia iña.
Hala, ya puedes hablar como un auténtico carioca.

Potato, King Potato

(¡Bueno, en realidad **Pepelu Pérez**!)

Ocupación
Rey de las patatinhas y octavo marido de Amanda Sigaret.

Ama
Las humildes patatas cubiertas de tierra de su dura infancia.

Odia
La patata mustia y revenida que siempre se cuela en sus bolsas de patatinhas.

Sueña con
Convencer a todos de que las patatas chips son un alimento básico al nivel de la fruta o la verdura… **¡Arghhh!**

Mrs. POTATO

(de soltera, Amanda Sigaret)

Ocupación
Cuidar de su maridín número 8 **(ya está bien, ¿no?)**.

Ama
Sus abrigos, sus joyas y su gatito *Nails*.

Odia
Todo lo que tenga que ver con la Banda.

Objetivo
Ser la reina de lo que **SEA**.

Álex y las patatas

Dejemos por un momento de lado el maravilloso mundo de la patata y sigamos con papá y sus invitados para la fiesta.

Allí estábamos la Banda al completo (con *Kira* comportándose como una perrita muy bien educada que ni siquiera había intentado robar una patata) y el matrimonio Potato.

Y cuando papá volvió, la primera en quedarse con la boca abierta fue Amanda. Y después, todos los demás. ¡Su invitada era la **MEGA TOP MODEL**, Amanda Mang!

—¡Hola a todos! —saludó levantando la mano—. ¡¡ROCK&ROLL! ¡YEAHHHHH! ¡GUAU!!

Era la más guapa, la más famosa, la más... ¡TODO!

Amanda (la nuestra) miró a la nueva Amanda sin simpatía.

—¡Vaya, qué bien! —exclamó estirándose para parecer más alta—. Así que tenemos aquí a una top model *supercool*, tope guay y todo ese rollito ¡mola mazo!

¡¡UF!! Si se ponía a competir con la nueva Amanda a ver cuál era la más *cool* de las dos, no íbamos a poder soportarlo.

—Porfa, pásame una de esas patatinchis —pidió Amanda, la buena, a Álex, pasando totalmente de Amanda, la mala.

King
Potato

Sabor
CACTUS
con
pinchos

Y Álex es muy simpática, excepto cuando le tocan las patatas.

—Yo pensaba que las top models sólo se alimentaban de alfalfa y agua sin burbujas, no se les fuera a escapar algún pum, je, je —dijo Álex apartando la bolsa rápidamente—. ¡Le aviso de que está a punto de arruinar su carrera: si come una sola de estas deliciosas patatas, luego no podrá parar!

King Potato se apresuró a intervenir.

—¡Eso es ridículamente falso! —exclamó muy alterado—. Una patata al año no hace daño... y las chicas guapas comen de todo, incluso mis patatas. ¡Que son muy sanas!

—Bueno, bueno —corrigió Marc—, tanto como muy sanas...

—Pues este chaval tiene razón. ¿Álex? —señaló la nueva Amanda sacando un puñado de patatas de la bolsa de Álex por sorpresa—. Yo como como una lima, y mis colegas de pasarela, no veas. Nuestro lema es ¡Viva el papeo!

—Sí, vale, lo que quiera —aceptó Álex—, ¡pero NO de mi bolsa, porras!

—No seas tan rata, dame una patata —rogó la top model—. ¡Me ha salido un pareado!

—¡Ya sé quién es el *Barbas*! —exclamó Álex apartándose para salvar su bolsa—. La Barbapatata, la ladrona internacional de patatas... ¡Es ella!

La modelo puso cara de sorpresa pero le dio tiempo a tragarse rápidamente una última. Aquello se estaba poniendo al rojo vivo. Y todo por un puñado de patatas fritas.

—Bueno, bueno, dejemos la patata en paz, je, je —dijo papá tratando de calmar los ánimos—. Vamos a dar la bienvenida a mi otro invitado, Chip Bytes. ¡Hola, Chip!

¡Entonces **SÍ** que fue el turno de Álex de quedarse con un puñado de patatas en el aire y la boca tan abierta como un buzón!

—¡CHIP! —exclamó pálida, con el pelo de punta por la emoción—. ¿Chip Bytes?

—Ése soy yo —dijo un joven gafudo
y con aire algo desaliñado tendiéndole
la mano a Álex. ¡Pero si CHIP BYTES era
el ídolo de Álex! Hasta tenía su foto
clavada con chinchetas en la pared de
su habitación. Era uno de esos genios
de Internet que a ella le fascinan y que
nadie más que ella sabe quién es.

Álex se puso **MUY** colorada y tragó
lo más rápido que pudo su enooorme
puñado de patatas. Así que sólo
pudo decir:

—*EMPAMMTABA, zeñod BYDDES.*

Pero Chip Bytes no tenía ojos más
que para Amanda, Amanda Mang.

—¡Guau! —exclamó—. Es... usted... la chica... de...

¡Al pobre no le salían las palabras de la boca!

Amanda Mang le sonrió y sacudió su famosa melena.

—Sí, soy yo, pero no te quedes así, que no muerdo.

¡Guau!, ¡GUAU! y requeteGUAU... Chip se quedó aún
más alelado. Y sin poder decir ni **MÚ**.

¡Los invitados empezaban a congeniar!

Amanda Mang

Profesión
Mega top model.

Señas de identidad
Hija del Rey de los Casinos,
Mike Mangone.

Características
Es espectacularmente guapa.
Guapa y megaguapa.

Debilidad
Las patatas fritas (sobre todo, si
la bolsa es de otra persona).

chip Bytes

Profesión
Genio (y millonario)
de Internet.

Señas de identidad
Gafas, greñas y manchas
en la camisa de leñador.

Odia
Que se le cuelgue
el ordenador.

Ama
A Amanda Mang
(también tiene su foto
clavada con chinchetas
en su cuarto. Todavía
vive con sus padres).

Pear

El Gran Truccini

Bueno, ya estaba casi todo el mundo. Sólo faltaba un último invitado especial antes de que nos preparásemos para la fiesta y llegara el resto de los invitados para la celebración. **¡Iban a venir más de doscientos!**

Papá nos hizo pasar a la sala del **NICASSO**. Allí, de pie frente al cuadro, estaba **ÉL**.

—**JA, JA, JA**—se rio el desconocido sin darse la vuelta—. **NO**, no digáis nada. Dejadme adivinar... Acaba de entrar una mujer bellísima en esta sala.

Liseta, Amanda y la nueva Amanda sonrieron bajando los ojos. **¡Uy, uy, uy!** Allí podían saltar chispas de un momento a otro.

—**¡Qué adivino TAN extraordinario!** —exclamó Amanda (la mala) halagada—. Y diga, buen hombre, ¿quién es la más bella en esta sala?

Él continuó de espaldas y levantó los brazos. Llevaba una especie de capa y una chistera.

—Un poco de paciencia... ¡Soy Harry Truccini y soy capaz de adivinarlo **TODO**! Pero sin que me metan prisa, demonios.

NACASSO 1953

—¡¡GUAU!! —exclamó Álex—. ¡Un adivino de verdad!

—Y tan de verdad. Soy Harry Truccini —dijo burlón el mago—. **¡El GRAN Truccini!** Y tú eres Álex, ¿no?

Álex abrió la boca de nuevo (esta vez, afortunadamente, sin patatas dentro).

—Sí, ésa soy yo —dijo Álex—, pero eso es fácil de adivinar porque soy la que siempre habla antes de tiempo, je, je.

—¿Y quién es esa bellísima mujer que está en la sala? —insistió Amanda, la nuestra, poniendo su voz más seductora.

—Una bella criatura cuyo nombre empieza por A —respondió Truccini levantando las manos hacia el cielo con gesto teatral.

Liseta hizo un gesto de decepción y dijo:

—¿Y no será por L?

Harry volvió a levantar las manos como si algo fuera a entrar a través de él.

—Sé muy bien lo que digo, Li, Li, Liseta, ¿no?... ¡¡UNA A!! ¡HUMMMMMM! —suspiró—. Y luego... esto está muy complicado, ¿M?

—Seguro —dijo Amanda Sigaret—. Y luego otra A, ¿no?

—¡¡SÍ!!, ¡YA LO TENGO! —exclamó el mago—. **¡AMANDA!**

Grandes sonrisas se dibujaron en las caras de las dos Amandas. Y después, un gesto contrariado, mirándose la una a la otra. ¡Había que aclarar a cuál de las dos Amandas se refería o allí habría más chispas aún!

Papá decidió interrumpir el momento **amanda-la-más-guapa-del-mundo** y se dirigió hacia Truccini.

—¡Estupendo, veo que conserva su don! —dijo—. Pero es imposible elegir entre tanta belleza.

Las dos Amandas sonrieron, y éste aprovechó para cambiar de tema. Papá siempre encuentra la palabra justa.

—Me gustaría saber si puede adivinar algo **MUY** importante para mí. Esta noche doy una fiesta —explicó—. Y puede que dentro de unas horas alguien tenga que responder ante la policía por un robo cometido en esta misma sala.

Las dos Amandas pusieron cara de horror, mientras Chip consultaba algo en el móvil, Potato escuchaba muy atento y Harry se volvía hacia nosotros. El mago tenía una barba picuda y cerró los ojos en un gesto de concentración.

—El **Gran Truccini** sabía que ibas a decir esto, pero ha preferido **NO** interrumpirte —precisó—. Alguien quiere poner sus sucias manazas en el *Retrato de mujer con bocadillo de calamares*...

—Perdón, pero es *sardina en escabeche* —apuntó Álex susurrando.

—¡No interrumpas al Gran Truccini! —respondió el propio Truccini, con voz de trueno—. Sabía perfectamente que era en escabeche. He tenido un cruce interestelar con el bocata de calamares que comí ayer y que me repite.

Los cuatro dimos un salto, impresionados por el vozarrón (y, ejem, el aliento a calamares) del mago.

—¡Vale, vale! —dijo Álex—, pero no se adivina igual si hay un cruce entre sardina y calamares.

Entonces papá se dirigió a Truccini tratando de evitar el desastre.

—¡Querido mago! Me han hablado muy bien de algunos de sus trabajos.

—¡Sí, bueno, soy **BASTANTE** famoso! —exclamó Truccini muy ufano—. ¿Le han contado lo de la princesa Tatiana von Gumm and Candies, cuando perdió el diamante **Sandía-De-Doss-Kiloss**?

—¡Exacto! —afirmó papá.

—Adiviné que estaría en el frutero —desveló Truccini, orgulloso—. Y efectivamente, allí estaba.

—Y lo de Ramona de la Porra y el Porrón —añadió papá—. ¿Es cierto?

—Bueno... —respondió Truccini bajando los ojos en plan modesto—. Sí, es verdad. Encontré a su ser más querido donde nadie fue capaz de encontrarlo. ¡Y la señora De la Porra y el Porrón me lo agradeció **MUY** generosamente!

La verdad es que Truccini parecía haber resuelto muchos casos.

Papá se le acercó y lo apartó del resto de los invitados.

Necesito que adivine quién y cuándo va a robarme este cuadro.

—¡Eso es **PAN COMIDO**! —exclamó el mago—.
El **GRAN Truccini** lo adivina todo, ¡hasta la
quiniela del próximo domingo! Y luego,
eso sí, presento la factura con IVA.

Y, la verdad, entonces sí que consiguió
dejarnos con la boca abierta. Agitó las manos
en el aire, apareció una nube de humo de colores...

¡Y desapareció!

El Gran Truccini

(también conocido como
Harry *el truchas*)

Ocupación
Mago e ilusionista
de fama mundial.

Señas de identidad
Chistera, barba de chivo
y una varita mágica
(y muchas cosas escondidas
en las mangas).

Odia
Que duden de su talento.

Ama
La fama, el dinero, la gloria...

Pacto con papá

¡GUAU!

La verdad es que **YO** no creo demasiado en los adivinos, pero esta vez tenía que reconocer que me había dejado con la boca abierta (¿otra vez?).

Aun así, necesitaba hablar con papá en privado, para aclarar un par de puntos.

Punto número uno: Aunque Truccini hubiera encontrado el diamante tamaño sandía de su amiga Tati von Gumm and Candies, ¿papá creía ahora en adivinos?

Punto número dos: Si papá confiaba en que Truccini descubriera al ladrón, ¿qué hacíamos nosotros allí?

Y punto número tres: ¿Qué había hecho para desaparecer en nuestras narices?

—¡**Este Truccini es un genio!** —exclamó Amanda, acercándose—. Hay que ver cómo ha adivinado a la primera quién es la mujer más bella de esta habitación. Ha dicho claramente Amanda, o sea, yo.

Chip Bytes puso cara de sorpresa.

—¡Pero si no ha dicho qué Amanda era! —rebatió—, aunque está clarísimo. ¡La única TOP model de esta sala es Amanda Mang!

—¡Eso! —apoyó Álex para fastidiar a la nuestra.

—¡Calla, chinche; cucaracha con flequillo, escarabajo pelotero y lenguaraz!

Nuestra Amanda había dejado salir a la verdadera Amanda sin percatarse de que estaba hablando más de la cuenta delante de papá y de Potato.

—Amandinha mía, pero ¿qué te ocurre, estás enferma? —preguntó KING escandalizado—. Si tú eres un ser dulce y cariñoso...

—Sí, pichoncito —dijo ella cambiando de tono al instante—, je, je... Son sólo bromas que le gasto a esta criatura adorable; cucarachinha, chinchecinha juguetona; mira cómo se ríe.

—¡YA! —dijo Álex sin reírse pero **NADA**.

Papá se acercó a Marc y a mí para hablar en privado, sin prestar atención a las bromitas de Amanda.

—Mi amiga Tati ha insistido tanto en que avisara al Gran Truccini... y ya sabéis cómo se pone de pesada. Pero os necesito a vosotros, no puedo dejar que el *Barbas* se lleve mi **Nicasso** sin hacer nada para impedirlo —dijo.

—¡No te preocupes, papá! —exclamé—. Nosotros nos encargaremos de vigilar el **Nicasso**.

Álex y Liseta se sumaron al grupo, todavía asombradas por la desaparición del mago.

—¡BUAAAAA! —exclamó Álex—. Lo que ha hecho el GRAN Truccini ha sido a-lu-ci-nan-te.

—¿A qué te refieres? —preguntó Liseta—, ¿a lo de quién es la más bella de esta habitación o a lo de calamar y sardina? No ha dado ni una, ¡JA!

—Y no era tan difícil adivinar que Liseta era Liseta y Álex era Álex, ¿no? —dijo Marc.

Papá me sonrió y me abrazó; tenía que volver con sus invitados.

—Sobre todo, no quiero que corráis ningún riesgo, Zoé. Y tampoco, que se moleste a mis invitados. Hay que descubrir al **Barbas**...

—Pues ya tenemos a dos —dijo Álex—. Potato y Truccini. ¡Vaya par de barbudos!

Papá me tomó de la mano antes de dejarnos.

—¡No hagáis locuras! Prefiero que sea Truccini quien se pelee con cualquier **Barbas**...

¡Qué bueno es papá!

Y al final, siempre tiene razón. Así que le prometimos que no haríamos ninguna tontería y que trabajaríamos en colaboración con el Gran Truccini.

¡A la orden!

Los trucos de Álex

¡MAGIAAAA POTAGIAAAA!

PAPELITOS ELECTRIZADOS

1 Corta con las manos una hoja en papelitos pequeños, del tamaño de una moneda grande.

2 Ponlos en un montoncito y frótalos todos juntos contra una mesa que no sea de madera; mejor si es de plástico.

3 Déjalos otra vez en un montoncito y pasa la mano a poca distancia de los papelitos.

¡Deberían levantarse hacia tu mano!

En realidad no es magia sino electricidad estática. ¡Busca lo que es!

¡Vaya un adivino!

Teníamos todavía unas cuantas horas antes de la gran fiesta, pero el tiempo vuela, había muuuuucho por hacer y ni la más pequeña pista sobre quién podía ser el *Barbas*. Decidimos que lo mejor era hacer una pequeña visita al mago. Facilísimo, porque los invitados especiales de papá se alojaban en su casa. Igual que nosotros.

La habitación de Truccini estaba al final del pasillo. Álex llamó a la puerta, a ver si había suerte.

¡¡¡TOC, TOC, TOC!!!

—¿Quién es?
—dijo Truccini.

—¡Adivínelo! Somos nosotros —respondió Álex partiéndose de risa.

Marc y Liseta le hicieron gestos de que se callara, no fuera a oírla el mago:

—¡Pues vaya porra de adivino! —dijo bajando mucho la voz—. ¿Alguien llama a la puerta y no sabe quién es? ¿Sólo adivina cosas importantes tipo el diamante **SANDÍA DE-DOSS-KILOOS**, o también qué nota voy a sacar en el próximo control de mates?

—¡Eso también lo adivino YO! —exclamó Liseta—. Un **CERO**.

Truccini no habría adivinado quiénes éramos, pero tenía un oído muy fino, porque cuando abrió la puerta estaba bastante enfadado.

—Yo no malgasto mi talento en bobadas —respondió de muy mal humor—. ¡Adivinar lo que hay detrás de una puerta!... Ésos son truquitos de mago de pueblo. ¡Yo soy... **EL GRAN TRUCCINI**!

—No se enfade con nosotros, señor Truccini; era una broma —dijo Liseta—. Tenemos una misión importante: encontrar al *Barbas* antes de que robe otra vez...

—Yo **SIEMPRE** trabajo en solitario, y desde luego, jamás con una banda de mocosos maleducados que **NO** respetan mi enorme talento.

Marc se acercó al mago tratando de suavizar el asunto.

—Perdónenos, señor Truccini...

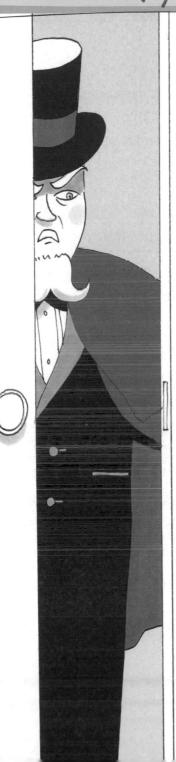

—¡**GRAN** Truccini! —corrigió el mago.

—Eso, **Gran**, perdónenos —añadió Marc—. Nosotros lo admiramos mucho, y sobre todo, tenemos que encontrar a ese ladrón. Así que lo mejor es que adivine **YA** quién es, ¿no?

—Eso —dijo Álex—. ¿Ya lo ha adivinado?

El GRAN Truccini nos miró con cara de desagrado y se palpó los bolsillos de la chaqueta como buscando algo.

—A ver dónde he puesto yo el lápiz —masculló—. ¡Ah! —exclamó tomando un lapicero de la mesa de enfrente. Entonces, se sacó lentamente un papel del agujero izquierdo de la nariz y una goma del agujero derecho.

Liseta vio toda la operación con visible cara de asco. Los demás tratamos de disimular, no fuera a enfadarse otra vez.

Entonces, Truccini dibujó una especie de monigote y dejó el papel sobre la mesa todavía algo, ejem, arrugado.

—¡**Hala!** —dijo muy serio—. ¿Queríais adivinanzas? Pues a ver si con esta pista encontráis al famoso *Barbas*. ¡Desapareced! O mejor, desaparezco **YO**.

Y dicho esto, nos hizo el show completo otra vez: columnita de humo, toses de todos nosotros, ojos llorosos y cuando pudimos ver algo... ¡Truccini se había evaporado dejándonos plantados, no sin antes lanzar una sonora carcajada y una última frase!

—¡Del Gran Truccini no se ríe ni el gato!

Y eso fue todo. Otra vez teníamos las bocas tan abiertas como un buzón y nada delante de nosotros. **¡Vaya racha!**

—Pero ¡qué tío! —exclamó Marc indignado—. Nos ha dejado con tres palmos de narices.

—¡Y qué borrrrrde! —añadió Álex—. Es un adivino de pacotilla. ¡Si ni ha adivinado dónde estaba el lápiz, y lo tenía delante de sus narices!

—Y va y se saca un papel arrugado de la nariz... ¡Qué asco! Seguro que tiene algún moco de propina —añadió Liseta—. ¡Pido no tocarlo!

—A mí me da igual —dijo Álex estirando el papel—. Aunque me parece que éste lo máximo que adivina es que hoy hay albóndigas para comer. Lo digo por el olor tan rico que llega hasta aquí, je, je.

Marc, Liseta y yo nos acercamos a Álex para ver qué había escrito Truccini en su papel.

—Pero ¡¿esto **QUÉ** es?! —preguntó Marc sin dar crédito.

El adivino
nos había
dejado...
¡Una
ADIVINANZA!

La libreta de Zoé

Zoé Test
(¡No lo adivina ni el GRAN TRUCCINI!)

1 Adivina, adivinanza, qué es un

ornitorrinco

a) Un médico que cura las enfermedades de nariz y oídos.

b) Un río brasileño, afluente del Orinoco.

c) Un animal con pico de pato, cola de castor y patas como las de las nutrias.

2 Adivina, adivinanza, qué es una

cornamusa

a) Una cornamenta, concretamente de ciervo de tres años.

b) Un instrumento musical, parecido a la gaita.

c) Una nota musical, prima hermana de la corchea y cuñada de la semicorchea.

3 Adivina, adivinanza, qué es un

sibarita

a) Una varita mágica, con un silbato en la punta.

b) Una persona de gustos refinados.

c) Un silbato de marfil para llamar elefantes.

Respuestas
1.c; 2:b; 3:b

Nada por aquí...

¡Una barba en un papel!

Eso era todo lo que nos había dejado el Gran Truccini.

—Un miserable garabato en un papel, ejem, moqueado —precisó Marc.

—¡ALTO AHÍ! ¡¡Un momento!!

Álex señaló el papel.

—¡Qué veis aquí? —preguntó acercando el papel a los ojos de Liseta.

—¡PUAGHHHH! Quítame este papel contaminado de la cara. Ni aunque sean mocos de mago los quiero tocar —exclamó.

Liseta lo tomó con mucho cuidado por las esquinas, poniendo cara de asco.

—Yo veo una nueva tendencia: la de los *hairy coats*, abrigos superpeludos y voluminosos, je, je.

Álex no se dio por satisfecha y se lo pasó a Marc.

—A mí me parece que es la representación de un conductor de tren barbudo en plan abstracto atravesando un túnel —dijo Marc—; época marrón oscuro casi negro de **Nicasso**, para más señas.

79

Álex le arrancó el papel a Marc con cara de desesperación.

—¿Y tú, Zoé?

Miré el papel y luego le di la vuelta y lo volví a mirar.

—Pues yo... yo la verdad es que no veo más que... ¡una patata con barbas!

—¡¡ESO!! Una patata con Barbas —repitió Álex recalcando las palabras «patata» y «barbas»—. ¡Está clarísimo!, ¿no?

Marc, Liseta y yo nos miramos, mientras Álex gritaba:

—¡¡¡Tenemos **UN** pedazo de barba en una patata gigante!!!

SIGNIFICA QUE EL Barbas ES KING POTATO.

Liseta, Marc y yo nos quedamos sin habla. ¿King Potato? Pero si parecía tan majo y sus patatas estaban buenísimas...

—Eso no puede ser —dijo Marc—. ¿Cómo va a ser ladrón un multimillonario que hace las patatas más ricas del **MUNDO**?

Álex se dio la vuelta.

—Yo tampoco lo entiendo, y reconozco que me encantan sus patatas, pero Truccini nos está diciendo que el ladrón es Mr. Potato.

Nada por aquí...

—¡ES VERDAD! —apoyó Liseta—. Tenemos que avisar a tu padre, Zoé, y a la pobre Amanda. No sé si va a poder soportarlo. ¡OTRO MARIDO LADRÓN!

Aquello estaba creciendo como un montón de espuma en la bañera, y yo no terminaba de verlo claro.

—¡A ver! —dije—, porque tengamos un papelucho moqueado del mago Truccini, no podemos acusar a un invitado de mi padre de ser el *Barbas*.

—Pues, desde luego, lo que es barba no le falta —añadió Liseta—. Para mí, el caso está resuelto.

No, no, no... no estaba resuelto.

—¿Y qué me dices de la edad del *Barbas*? —pregunté—. Por lo menos tiene que tener ochenta años, ya que lleva siglos robando; y King Potato no es ningún jovenzuelo, pero ¿¿¿ochenta???

—¡¡CIRUGÍA!! —exclamó Liseta—. Seguro que está **MEGA** operado y en realidad es un ancianito reviejo con peluca y todo para parecer más joven.

Podía ser, pero no terminaba de convencerme.

—¿Y para qué iba a robar un señor como él un cuadro como éste? ¡¡Y OTROS!!

—Pasión de coleccionista —sentenció Álex—. Seguro que dice lo de *sile nole*, *sile nole* pero con cuadros en vez de cromos. Y le falta el retrato ese de *Mujer con sardina pocha en escabeche*. ¡¡¡NOLEEEEEE!!!

O sea, que al final todo era cuestión de **LO** tengo, **NO LO TENGO**.

Incluso Marc se sumó tímidamente a la teoría de Álex.

—Lo siento, Zoé. Según el **MANUAL DEL AGENTE SECRETO PARA PRINCIPIANTES**, tomo séptimo, capítulo cuarto, párrafo tercero, Cuando ves un líquido blanco en una botella, no le des más vueltas: se trata de una **botella de leche**.

Álex asintió con la cabeza y añadió algo más.

—Y si ves una barba encima de una patata, es una patata barbuda, o sea: King Potato.

¡King Potato, King Potato!
¡¡¡El Barbas!!!
No me lo podía creer.

La libreta de Zoé

King **Potato**

SABOR
HOJA DE PALMERA
HAWAIANA

Mis aperitivos favoritos con patatas chïps

CENA RÁPIDA Y SIN COMPLICACIONES

Tortilla de patatas de bolsa
(receta inspirada por Ferrān Adriā).
Pues eso, hacer una tortilla de patatas
usando patatas chips de buena calidad.

TAPA DE PATATAS CON SALSA BRAVA

1 Pon un montoncito de patatas fritas en un plato.

2 Mezcla kétchup con un poco de mayonesa y ¡tachān!

3 Ponlo artísticamente encima de las patatas y ya está.
Para equilibrar este mejunje come dos manzanas y tres naranjas
(es broma, pero no hay que abusar de este tipo de platos).

SÓLO PATATAS

Pues eso, ¡un par de patatas y a correr!

Nada por allá

¡En fin! No estaba nada pero lo que se dice **NADA** convencida de que King Potato fuera el *Barbas*, al contrario que el resto de la Banda. Pero tuve que ceder, aunque no del todo. Así que, si Marc sacaba el Manual para apoyar sus argumentos, yo también.

—Marc, el **MANUAL**, en su tomo segundo, capítulo cuarto, párrafo decimoquinto dice: **«No se puede acusar a ningún sospechoso de robar galletas de la merienda sin pillarlo con las manos en la caja»**.

—Efectivamente, tienes razón, Zoé —reconoció Marc—. Hay que comprobar que King Potato es el *Barbas* antes de dar la señal de alarma. Pero lo malo es que... —dijo consultando su reloj —nos queda poco tiempo. *¡La fiesta es dentro de dos horas!*

MANUAL
DEL AGENTE
SECRETO PARA
PRINCIPIANTES

VOL.2

M.A.S.P.P.

2

—Yo creo que lo mejor es ir directo al grano —dijo Álex.

—¿Qué quieres decir? —pregunté.

—Pues eso; decirle: nos han dicho que eres el *Barbas*, confiésalo todo, Potato sinvergüenza-ladrón. Es lo más eficaz.

Álex estaba desatada, y, la verdad, tampoco teníamos ninguna prueba.

—Mejor no vayamos **TAN** al grano, ¿vale? —sugirió Marc—, pero sí vayamos a interrogar sutilmente a Mr. King Potato.

Dicho y hecho, porque de la habitación de Truccini a la del sospechoso no había más que dos puertas.

Llamamos a la de Potato y, en este caso, tampoco adivinaron quiénes éramos, pero quien preguntó fue su amada esposa, es decir, Amanda.

—¿¿SÍIIII?? ¿Quién molesta? —dijo desde detrás de la puerta.

—Somos nosotros, Amanda —respondió Liseta poniendo su voz más dulce.

—¡Vaya! —exclamó Amanda abriendo la puerta—. La **PEOR** de todas las opciones. Y con la pandilla de piojosos al completo...

¡¡Arghhhh!!

Amanda nos recibió embadurnada con mascarilla y tocada con unos elegantes rulos en la cabeza. ¡Vaya aparición! Y qué peste a perfume había allí...

¡¡¡COGHH, COGHHH!!!
¡¡¡ACHÍSSS, ACHÍÍSSSS!!!

Marc comenzó a toser y a estornudar. Su alergia a Amanda estaba en el nivel de alarma nuclear. ¡Teníamos que hablar con Potato rápido!

—¿Puedo abrir un poco la ventana? —suplicó Marc.

—NO —dijo Amanda—. Quiero que desaparezcáis en treinta segundos.

—¡Qué manía con desaparecer! —dijo Álex consultando su reloj. Y se lanzó sin que pudiéramos detenerla—. Muy bien, Amanda, tú lo has querido. ¿Sabías que tu maridito número... he perdido la cuenta, es el famoso ladrón el *Barbas*?

Amanda miró a Álex de arriba abajo y luego abrió la puerta.

—¡FUERA! Has comido demasiadas patatas y te han afectado al cerebro. ¡El *Barbas*!, ¡JA! —gritó fuera de sí—. ¡Os creéis que **TODOS** mis maridos son unos cacos? ¡FUERA, SABANDIJAS!

Marc se dirigió hacia la salida, pidiendo perdón por haberla molestado y Amanda nos dio con la puerta en las narices.

Pero ¡qué suerte!

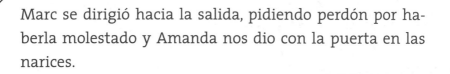

En ese momento, por el fondo
del pasillo se acercaba King Potato
in person con un voluminoso
paquete plano, un ramo de flores
en una mano y un osito de peluche
en la otra. **¡Qué tierno!**
¿Cómo un ser tan amable iba a ser
un vulgar roba obras de arte?

Desgraciadamente, de nuevo, Álex fue la primera en des-
cubrirlo e ir hacia él.

—Mr. Potato, me alegro de encontrarme con usted... errr...
   quería preguntarle si...

—... ¡si prefiere las patatas con sabor a ajo o barbacoa, je,
   je! —interrumpió Marc—. **¡Es una entrevista!**

—¡Me gustan **TODAS**, por eso soy el **REY** de la patata! —respondió él muy risueño—. Y además, me alegro de encontrarme con vosotros porque... me he fijado en ti, jovencita —dijo señalando a Álex—. He visto cómo disfrutas de mis patatas, por lo que ¡he decidido nominarte para el concurso de **REINA PATATINHA**!

¡**GUAU**! Álex se quedó boquiabierta, y volvió a hablar, pero en tono muy diferente.

—Gra-gra-cias, señor, qué honor tan grande... ¡**YO**, Álex, candidata a Reina Patatinha! Desde luego, si es por comer patatas, lo merezco más que nadie, pero...

Pero Liseta (a quien **NO** había nominado a Reina Patatinha) decidió seguir con el interrogatorio sutil.

—¡Espere! Que si a usted, además de las patatas y llevar esas barbas, je, je, que si le gustan mucho los cuadros de **Nicasso**.

King Potato nos miró sorprendido.

—Bueno, claro... como a todo el mundo... La verdad es que en el fondo prefiero un bonito paisaje con un puentecito y un ciervo en el fondo como éste —dijo mostrándonos un cuadro horroroso que llevaba medio escondido—. Son regalos para mi amorcito. ¡Ah! Eso sí que es **ARTE** con mayúsculas.

Y ahí terminó la cosa. Bueno, casi. King Potato entró en su habitación saludando cariñosamente a Amanda, y nosotros volvimos a quedarnos plantados en el pasillo.

—Reconozco que no tiene pinta de ser un ladrón —señaló Marc—, aunque si de algo es culpable, es de tener muy mal gusto. ¡¡¡Mira que preferir ESO a un Nicasso!!!

—O es un actor buenísimo y nos engaña con su fachada de buena persona —añadió Liseta—. Y no lo digo por lo de Reina Patatinha, que conste.

Marc y yo nos miramos. ¡Ay, ay, ay! **ESO** era lo que le pasaba a Liseta. Llevaba un mal día.

Entonces, la puerta se abrió bruscamente y se oyó un torrente de gritos en el pasillo.

—¡NO, NO, Y NO! Pero ¡qué birría de cuadro quieres regalarme! ¡Y un oso viejo y despeluchado! —gritó Amanda—. ¡Descapotables, pieles, joyas y diamantes! Eso **SÍ** son regalos para mí.

Y de la habitación salió disparado el osito de peluche seguido de un montón de flores que cayeron encima de Liseta y un cuadro con ciervo que atravesó la cabeza de Álex. ¡Parecía que a Álex le habían crecido cuernos!

¡Pobre King! Empezaba a conocer a la verdadera Amanda.

Nada por allá

JELOU!

COTILLEO SEMANAL - NÚM. 3.295.385

¡Hola, en Canarias!   ¿Qué tal, en Portugal?

CANDIDATA A REINA PATATINHA POR SORPRESA

Nadie se esperaba la elección, pero para eso uno es el **Rey de la patata frita**, para hacer lo que le salga de la patata.

King Potato ha elegido a la última candidata a **Reina Patatinha**, y es nada más y nada menos que la señorita **Álex**, una joven aficionada a los cachivaches tecnológicos (y a las patatas de bolsa, *of course*).

La decisión ha causado estupor y sorpresa entre las OTRAS candidatas, como la TOP MODEL **Amanda Mang**, o la propia esposa de **Mr. Potato**, **Amanda Sigaret**, que ha declarado a nuestra reportera: esta **Reina Patatinha** es una Birrinha, ¡¡JA, JA!!

Nosotros añadiríamos algo: si la envidia fuera *tinha*…

ÁLEX: *«Desde luego, si es por comer patatas, lo merezco más que nadie».*

Operación Camaleón

Vale, **OK**. Ya no faltaba más que media hora para que comenzara la fiesta de papá y no teníamos ni sospechoso ni la más remota idea de quién podía ser el *Barbas*. Y para colmo, Liseta planteó un tema urgente.

—¡No tengo nada que ponerme!

Marc y yo nos miramos y a dúo soltamos un gran ¡¡PUFFF!!, y Álex estalló:

—¡Están a punto de robar un cuadro de **NICASSO** de veinte trillones de dólares y tú te preocupas de tus modelitos!

Pero Liseta **YA** estaba acostumbrada a los estallidos de Álex.

—Lo siento, pero si van a robar un cuadro de todas maneras, prefiero estar vestida correctamente para la ocasión. ¡Y no hecha un espantapájaros!

Claro. Liseta ya veía todo el panorama. Primero, fiesta; luego, el robo, la policía, periodistas, fotógrafos... y las portadas de las revistas.

—¡Y no pienso salir sin peinar **NI** maquillar!

Marc la tranquilizó.

—Bueno, no te preocupes por eso porque vamos a tener que colarnos de incógnito.

—¿Y de **INCÓGNITO** qué es? —preguntó Álex—. ¿Alguna marca de esas que le gustan a Liseta?

—Significa estar en la fiesta sin que nadie sepa que estamos allí.

Eso ya era **ALGO** más complicado. ¿Cómo lo haríamos?

Nos sentamos en círculo y Marc propuso un juego: Prohibido hablar hasta que a alguien no se le ocurra una idea. ¡Y funcionó! (porque Liseta no puede estar callada más de dos minutos).

—¡Se me ha ocurrido una cosa! —dijo levantándose de un salto—. ¡Hacer el camaleón!

¡Claro! ¡El camaleonizador express de Álex! ¿O no era una buena idea?

—¡Uf! —dijo Álex—, me encantaría, chicos, pero tengo que reconocer que está en fase de pruebas y da algunos problemillas, je, je.

—¿A qué te refieres con problemillas? —preguntó Marc.

—Mejor que no lo sepas —dijo Álex.

¡En fin! No tendríamos más remedio que usarlo, aunque no estuviera listo del todo.

—Nos arriesgaremos —dijo Marc—, es nuestra única opción.

Álex se levantó y trajo una especie de pistola de agua y un casco.

—Cuando estéis vestidos, os dispararé un rayo con el camaleonizador express y se supone que os mimetizaréis con el ambiente. Funciona con rayos gamma combinados con telepatatismo nuclear, y la verdad, todavía no lo domino del todo —reconoció.

—¡Pero no nos dejará fritos como una patata!... —exclamó Liseta preocupada.

—No... —dijo Álex—. Simplemente os recubrirá de una capa de sustancia molecular trifásica singular que imitará el fondo de donde estéis. No duele. Y nadie será capaz de distinguiros de los objetos que haya en una sala.

¡**Glups**! Las explicaciones de Álex no me habían tranquilizado NADA. ¿Telepatatismo nuclear? Todo fuera por ayudar a papá.

—Para que nadie nos vea en la sala del **Nicasso**, lo ideal es... ¡convertirnos en obras de arte! —sugerí.

Afortunadamente, todavía no había llegado nadie a la sala, así que pudimos hacerlo todo tan tranquilos.

¡Comenzamos la Operación CAMALEÓN!

—Liseta y yo podemos ser personajes cubistas en un cuadro en relieve —dije.

Y Álex sacó el camaleonizador para dispararnos un rayito.

—¡**PORRAS!** —exclamó.

—¿Y ahora qué pasa? —pregunté nerviosa. ¡Ahora sí que los invitados estaban a punto de entrar!

—El camaleonizador express se ha quedado sin batería —
se disculpó Álex.

Liseta (menos mal que llevaba bolso) encontró unas pilas
en el fondo y Álex puso en marcha su nuevo cachivache.

—Dame un toque para convertirme en escultura griega —dijo Marc después de haberse pintado de blanco con las pinturas de Liseta.

Álex disparó y Marc se rio.

—¡Hace cosquillas!

—Sí, pero no te muevas, que todavía no sé si funciona del todo —dijo Álex.

Ahora sólo faltaba dispararse ella.

—¡Rápido, Álex! Te toca... —dije señalando a los invitados al fondo del pasillo.

—¡ARGHHH! —exclamó Álex apretando todos los botones—. ¡NO FUNCIONA!

—¿Y *Kira*? —pregunté—, ¿qué hacemos con *Kira*?

¡Pobrecilla!
Ella también quería participar...

—Ya sé —dijo Liseta bajándose de nuestro marco—: túmbate, *Ki-Ki* (ésa es la manera cariñosa de hablar a *Kira* cuando queremos que haga algo, ejem, arriesgado).

Liseta se tumbó encima de *Kira* y empezó a rular encima de ella como una miniliseta apisonadora hasta que le dejó el pelo bastante aplastado, la verdad.

—¿A que no te he hecho daño? —preguntó Liseta, muy orgullosa de su obra.

¡Increíble!

Kira parecía una de esas horrendas alfombras hechas con la piel de un animal, sólo que más abultada. A mí, me gustan más las imitaciones de peluche.

Álex cogió la pantalla de una lámpara y se metió debajo. Quedaba bastante chula como lámpara.

De repente, oímos voces y sonido de tacones y copas. **¡Eran los invitados!**

Cada uno volvió a su puesto y *Kira* cerró los ojos, concentrándose en que a nadie se le ocurriera pisar una alfombra tan excepcional.

—**¡Qué fiesta tan estupenda!** —dijo Amanda entrando en la sala. Se había vestido con sus mejores galas, y llevaba...

¡¡HORROR!!

Unos zapatos
de tacón con
los que se
podrían hacer...

¡PINCHOS MORUNOS!

La libreta de Zoé

Zoé
Pinchos
de postre

RECETA DE VERANO

PINCHOS DE SANDÍA, MELÓN, MELOCOTÓN Y KIWI

Ingredientes

Brochetas de madera.
Sandía, melón, melocotón y kiwi cortados en dados.
Hojas de menta.

Preparación

Ensartar la fruta en los pinchos, alternando hojas de menta cerca del melón.

¡Delicioso!

Fondue de plátano y fresa

RECETA DE INVIERNO

Ingredientes

Una tableta de chocolate negro.
Medio vaso de agua.
Dos cucharadas de nata líquida.
Plátano en trozos.
Fresas.

Preparación

1. Calentar el chocolate, con el agua y la nata, y fundir.
2. Pinchar la fruta y bañarla en chocolate… ¡y a disfrutar!

Tacones cercanos

Papá, Rose, Amanda la mala, King Potato, Amanda la buena, el Gran Truccini, Chip Bytes y, GRAN SORPRESA, mi hermana, ¡Matilde! entraron en la habitación.

—¡Gracias, queridos amigos... e hija! —dijo papá, guiñando un ojo a Matilde— por compartir conmigo este momento tan importante. Antes de que llegue el resto de los invitados, propongo un brindis.

Cada uno tomó una copa y las levantaron para brindar.

—¡Por esta maravilla de obras! —exclamó Amanda, acercándose a nuestro cuadro en relieve y camaleonizado—, pero, *darling*, esto... ¿qué es? ¿Un retrato cubista de mi queridísima Zoé y su amiguita, la rizuda esa que quiere ser modelo?

—**Errrr**, no sé... —balbució papá echándonos una mirada rápida. Se dio cuenta inmediatamente del truqui y respondió—: Sí, Amanda querida, tienes razón... Es un Yef Puns que encargué de oferta, je, je... 3x2.

—*¡Y cómo mola esta escultura!* —elogió Amanda (pero la otra, la Mang)—. ¿Es un atleta griego, romano o etrusco?

—Pues... —dijo Matilde acercándose a Marc e intercambiando una mirada rápida con papá—, creo que griego. Del escultor Anacleto del Timo.

—¿Anacleto del Timo? —dijo Amanda (la mala)—. ¿Y ése quién es?

—*¡Un gran artista totalmente desconocido, incluso entre los expertos!* —aclaró Matilde—. Y aprovecho desde aquí para saludar a mi querida hermana, Zoé, dondequiera que esté —dijo mirando hacia el techo.

Yo, claro, no pude responderle, pero desde mi cuadro guiñé un ojo con mucho cuidado, mientras Amanda la miraba con cara de «se ha vuelto majara»... avanzando hacia la alfombra, o sea, **¡hacia Kira!**

Fue un momento de **GRAN** peligro. Papá tuvo que abalanzarse sobre ella... que se dirigía, segura y pisando fuerte, hacia la alfombra peluda, **¡¡ARGH!!**

—Amanda, querida —dijo agarrándola del brazo—, ponte cómoda en ese sofá.

—¡Cuidado! —exclamó ella—,
¡que me caigo! ¿Cómo es que te ha
dado por ser tan atento de repente?

Y ahí fue cuando llegó el turno de la
otra Amanda, que tampoco es que
fuera en chanclas. Liseta me susurró
sin mover los labios:

—Pues esta otra Amanda,
la TOP MODEL, lleva unos
JIMMY ATCHOOH que me chiflan.
Pero los llaman los
«ESTILETES DE LA MUERTE».

¡Qué catástrofe, con
esos tacones de aguja
de treinta centímetros,
iba a hacer Brochetas
de *Kira* al pil pil!

Papá soltó a nuestra Amanda de golpe en el sofá y salió corriendo hacia la otra punta de la sala para detener a la nueva Amanda y sus «**ESTILETES DE LA MUERTE**».

—Querida, queridita... perdona, pero esta alfombra **NO** es una alfombra cualquiera, je, je —dijo deteniéndola con un pie en el aire—. Es una alfombra en relieve tridimensional de pelo de animal salvaje del Kalahari que cuesta una pasta, perdón, digo, un dineral.

¡UF! ¡Pobre *Kira!* De una buena se había librado... y ni siquiera había movido un bigote. Tenía que acordarme de darle un premio.

—**¡UY!** —elogió Amanda Mang—, pues parece de lo más mullida y confortable, aunque un poco... no sé cómo calificarla... ¿abultada?... Qué pena que no se pueda pisar... ¿Y si me descalzo?

¡Pero qué pesada! ¿No le había dicho papá que *Kira* era una alfombra carísima de cabra rara? Para colmo, en ese momento comencé a notar algo raro en el cuadro en el que estábamos Liseta y yo. Y Marc estaba poniendo unas caras muy raras... ¡El camaleonizador express empezaba a fallar! **¡Iban a pillarnos haciendo el ridículo!**

¡Uf! Tenía que pensar algo rápidamente. Pero entonces, Amanda Mang se quitó los zapatos de la muerte, miró a los ojos a Chip Bytes, saltó encima de la alfombra-*Kira* (¡pobrecilla!) y exclamó:

—Pues no me resisto: ¡Tengo que probar esta alfombra!

Y lo peor es que lo hizo.

¡¡Y ENCIMA, SE APAGÓ LA LUZ!!

¡Si Kira hablara!

Normas (básicas) de comportamiento con los perros

KIRA

* No les tires del rabo ni de las orejas. No son juguetes de peluche.

* Ten siempre agua cerca para que puedan beber cuando lo deseen.

* Llévalos sujetos por la calle para que no molesten a la gente.

* Cuida su pelo y su salud con visitas regulares al veterinario.

* Y juega **TODO** lo que puedas con tu mascota. ¡Seguro que le encanta!

Que no cunda el pánico

¡SOCORRO! ¡Estábamos a oscuras!

Después de un ladrido agudo de *Kira* y unos minutos de silencio en la oscuridad, se oyó una voz.

—¡¡¡PAPÁ!!!

—¡ZOÉ! —respondió papá—. No te preocupes, no pasa nada, estoy aquí.

—¡Zoé! —exclamó Matilde—. ¿Dónde estás?

—¡Soy la encargada de la luz! —dije tratando de disimular. Luego bajé la voz y me dirigí a Álex—. ¡El camaleonizador me está dando una sensación muy rara!

—¡¡AYYYY!! —protestó Álex—. Chicos, salid de vuestros puestos. Son los problemillas de los que os advertí.

—¿Problemillas? —preguntó Marc—. Yo a esto lo llamo calambres.

Liseta y yo bajamos del marco a toda velocidad. ¡Menos mal! Tenía todo el cuerpo con un hormigueo de lo más raruno.

—Que no cunda el pánico —dijo papá—. La casa se ha cerrado automáticamente a cal y canto, por lo que **NADIE** puede entrar ni salir. Y la luz volverá en pocos segundos. Todo está controlado.

Y de repente:

¡¡¡AYYYYYY!!!

¡Se disparó la alarma antiincendios y empezó a caer agua **HELADA** del techo!

—¡No pasa nada! —insistió papá—. Es lo normal; cuando se disparan las alarmas, se ponen en marcha todas a la vez. Y un poco de agua nunca le ha hecho daño a nadie.

—¡Pero esto son las cataratas de Niágara! —protestó Amanda desde lejos.

Sin contar con que a *Kira* el agua le da tanta alergia como a Marc el perfume de Amanda... ¡Brrrrr!

Se hizo un silencio inquietante.

Pasó otro larguísimo minuto y nada. La luz no volvía.

¡Y seguíamos calándonos!

Y otro minuto. Menos mal que Liseta estaba a mi lado, que si no...

—Papá... —empecé tímidamente.

—Ya digo que **NO** hay que preocuparse —insistió papá tranquilizador—. Rápidamente estaremos de fiesta con el resto de los invitados. Un poco pasados por agua, pero...

Pero nadie decía ni mu. Ni siquiera *Kira*. Era como si se hubieran largado todos de la sala. De repente, se oyó un sonido extraño, como el de unos pies diminutos que se deslizaran por el suelo.

—¿Puede volver **YA** la luz, señorita encargada del tema? —pidió Amanda (la mala) con voz aburrida—. Estoy chorreando, tengo que hacer mi comprobación de maquillaje de labios y no veo ni **UN PIMIENTO**.

—¿Chapa y pintura? Si ya has pasado por el túnel de lavado, je, je —se oyó una voz sin identificar (bueno, por los demás; yo reconocí a Álex perfectamente).

—¿**QUIÉN** ha dicho esa impertinencia? —preguntó Amanda—. ¡Que enciendan las luces inmediatamente!

Y se hizo la luz. Como si la electricidad también obedeciera a Amanda...

¡Vaya cuadro! Y no precisamente el *Retrato de mujer con sardina en escabeche (y currusco de pan).*

Amanda era un poema, la otra Amanda parecía que acabara de salir de la piscina, Chip la miraba embobado (y empapado), Potato se secaba como podía con un pañuelo y Truccini... Bueno, donde antes estaba Truccini, ya sólo había una nubecilla de humo de colores.

—¿Y de dónde han salido todos éstos? —preguntó Amanda refiriéndose a nosotros (con muy mala educación, para qué negarlo).

—¡Ha vuelto a hacerlo! —exclamó Marc—. El mago ha desaparecido.

Rápidamente echamos un vistazo hacia donde estaba el cuadro.

—Sigue aquí! —exclamó Liseta—. La mujer esa con la sardina mustia sigue colgada en la pared... **¡Uf, menos mal!**

Marc bajó de su pedestal, *Kira* se despegó cuidadosamente del suelo, Álex se quitó la pantalla de la lámpara de la cabeza y se sacó las dos bombillas de las orejas (¡que a **NADIE** se le ocurra imitarla!), y Liseta y yo corrimos hasta acercarnos al **NICASSO**.

La verdad es que era un cuadro impresionante, con aquel perfil tan cubista, ese ojo enorme en medio de la cara y esa sardina tan hermosa. Pero sobre todo, lo más extraordinario era que le había crecido en tan poco tiempo...

¡un pedazo de barba!
¡¡ARGHHHH!!!

Nos había vencido. Quienquiera que fuera el *Barbas*.

—¡Lo han robado y nos han dejado una copia barata! —exclamé.

¡Y barbuda!

Las notas de Marc

EL CUUBISMOO

Periódico y plato con fruta. Juan Gris.

Es un movimiento pictórico de principios del siglo xx. Sus representantes más destacados fueron Pablo Picasso, Juan Gris y Georges Braque.

Supuso una ruptura total con el arte anterior y el cambio a la época contemporánea.

Sospechosos S.A.

Papá estaba muy disgustado. Si no fuera porque lo quiero mucho y es mi padre, diría que estaba furioso.

—No puedo creer que el **Barbas** nos haya robado el cuadro delante de nuestras propias... **barbas**.

Amanda Mang se acercó a papá para mirar de cerca el
nuevo *Retrato de mujer con sardina de escabeche en lata
(y currusco de pan)*. Y, por arte de magia, había conseguido
un secador de pelo para arreglarse: estaba resplandecien-
te otra vez (mientras que la otra Amanda parecía un perro
de aguas bajo un diluvio, je, je).

—Pues no le queda tan mal la barba, je, je —dijo la Amanda top model, acercándose aún más—. Este ladrón debe de ser muy bueno, ¿no? —añadió—. Ha tenido que salir por algún sitio... ¡Y con la casa cerrada como una caja fuerte!

Ese dato era importante.

¿Quién era capaz de salir de un lugar totalmente cerrado y desaparecer como si nada?

Chip Bytes se unió a la conversación.

—Yo he leído que hay gente capaz de salir de cajas fuertes, cerrados con cadenas y candados.

—Un mago —precisó Amanda Mang—. Sólo un mago es capaz de algo así. Y uno muy bueno... Por cierto, ¿**DÓNDE** está el que había aquí hace unos minutos?

Papá se rascó la barbilla molesto. Estaba pensando en lo mismo que nosotros. Nuestro mago se había esfumado dejando tras de sí una nubecilla de humo de colores. **¡Vamos, que se había ido sin decir adiós!**

—Truccini puede hacer trucos de magia, desde luego —dijo papá—. ¡Qué barbaridad! Pero de ahí a ser el *Barbas*...

—¡Por favor! Está megaclaro —cortó Amanda (la buena o sea, la **TOP MODEL**)—. Ese hombre se ha largado sin decir ni mu, y de paso, se ha llevado el cuadro. Es obvio que el ladrón es él.

Amanda la mala asintió con la cabeza. Por una vez, las dos Amandas estaban de acuerdo en algo. Y Chip... bueno Chip sólo pensaba en cómo conseguir el móvil de Amanda, Amanda Mang, por supuesto. Menos mal que La Banda no perdía de vista lo importante.

—¡Claro! Por eso nos dio el papel —exclamó Álex—. Era una pista falsa contra el pobre King.

King Potato dio un respingo.

—¡UY! ¿Pensabais que el ladrón era yo?

Álex le echó una sonrisita y Liseta otra.

—Qué va —dijeron riéndose—. ¿Cómo íbamos a pensar algo así?

—Ya, ya —dijo Amanda—. Eso es lo que decís ahora, ¡NIÑATAS! Pero bien que os parecía que mi Potato tenía la mano muy larga.

Liseta se puso muy colorada y Álex fue a protestar nerviosa.

—En realidad, Truccini nos dijo que el *Barbas* era una patata con **BARBAS**, por eso pensamos que...

—¡UNA PATATA CON BARBAS! —exclamó Amanda indignada—. Cariño, defiéndete de estos monstruos sin corazón ni modales. ¡Cómo se atreven, con lo cuqui que tú eres!

El pobre King Potato no sabía qué hacer.

—Eso son chiquilladas, mi amorcito, si hasta tiene gracia... ¡Una patata con barbas! —dijo disculpando a Álex y a Liseta—. Si estas criaturas son incapaces de hacer daño ni a una patata.

—Es un honor parecer una patata, Mr. King —dijo Álex—; ya sabe cómo me gustan las patatas a mí.

Amanda gruñó y se levantó de un salto. King la siguió como un perrito.

—Vámonos, que no respondo de mis actos —dijo Amanda—. A ver si encontráis al verdadero *Barbas* y dejáis en paz a la gente de bien. ¡Reptiles!, ¡GAMBERROS!, ¡MATAPATATAS!

Marc y yo nos miramos. Por mal que nos cayera Amanda, esta vez tenía razón. No podíamos seguir persiguiendo a sospechosos inocentes.

Y para colmo, el mago **YA** no podía ayudarnos, porque ahora, él era el principal **SOSPECHOSO**.

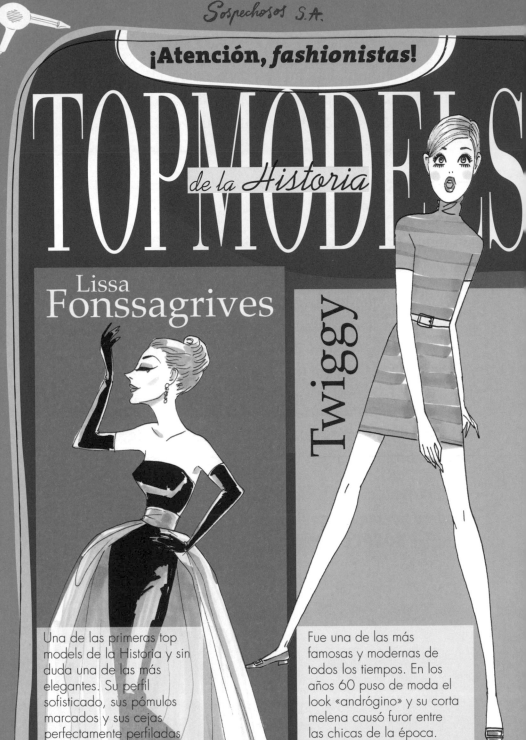

¡Atención, *fashionistas*!

TOP MODELS

de la *Historia*

Lissa Fonssagrives

Twiggy

Una de las primeras top models de la Historia y sin duda una de las más elegantes. Su perfil sofisticado, sus pómulos marcados y sus cejas perfectamente perfiladas eran su seña de identidad.

Fue una de las más famosas y modernas de todos los tiempos. En los años 60 puso de moda el look «andrógino» y su corta melena causó furor entre las chicas de la época. ¡Todas querían imitarla!

Claudia Schiffer

A principio de los 90 inauguró la era de las supermodelos junto a Naomi Campbell, Linda Evangelista y Cindy Crawford. La belleza voluptuosa de Claudia todavía es un referente en el mundo de la moda.

Imán

La primera top model de raza negra. Su belleza felina y exótica hechizó a los mejores fotógrafos de moda durante los años 70 y 80.

Amanda Mang

La top model más famosa del momento. Nacida en Brasil, de padre brasileño y madre alemana, posee una belleza camaleónica por la que se pelean todas las revistas de moda. Sus grandes ojos azules enmarcados por unas larguísimas pestañas, su piel tostada y su increíble melena son sus rasgos más característicos.

¿Dónde está el mago?

Papá, Rose y Matilde se quedaron organizando la sala para recibir a los invitados, que no tenían ni idea de que allí se había producido un robo.

Y nosotros (*Kira* incluida) nos retiramos a nuestro cuartel general temporal (**la cocina, claro**) a recapitular.

—¡No podemos acusar ahora al Gran Truccini sólo porque haya desaparecido, Álex! —exclamé nada más cerrar la puerta.

Álex bajó la cabeza arrepentida.

—Tienes razón. Además, últimamente no hago más que meter la pata —reconoció—. ¡Sólo me falta acusar a la top model de ser el *Barbas*!

—Valiente tontería —dijo Liseta—. Mejor vamos a concentrarnos en el sospechoso number one, ¿vale?

Desde luego, tenía todas las cartas para ser el *Barbas*: truquitos de magia e incluso una barba de lo más pizpireta. **¡Y encima, nos caía fatal!** Pero ¿dónde podría estar?

—Yo creo que el cuadro sigue aquí —dijo Liseta—. Lo más normal es que el *Barbas* sea alguno de los que estaban en la sala y que el cuadro esté... en su habitación. Yo miraría en el cuarto de Truccini.

Liseta tenía toda la razón, pero papá nunca nos permitiría registrar las habitaciones de sus invitados. **¡Qué falta de confianza!**

—¿Truccini? —dijo Marc—. Si ha desaparecido, seguro que ya está en Las Vegas por lo menos —añadió—. He leído que allí están los espectáculos de magia más increíbles del mundo.

—Pues espero que no —apuntó Álex—, porque entonces se nos habría escapado.

127

—¿**NO** es ahí donde está el casino del padre de Amanda Mang? —preguntó Liseta—. Ese que tiene las pirámides de Egipto y la torre Eiffel y hasta cuadros famosos...

—... y falsos —precisó Marc—. **TODO** es falso, pero a la gente le chifla y va allí de vacaciones a hacerse fotos delante de la torre Eiffel sin tener que ir a París.

Con un poco de suerte, el mago todavía estaría por la ciudad, así que decidimos buscarlo por todos los teatros de Río hasta dar con él. Porque si no era en un teatro, ¿dónde iba a estar un mago?

—Pero eso puede llevarnos días... ¡**SEMANAS**! —protestó Liseta—. Tiene que haber una manera mejor de encontrarlo, ¿no?

Pues, la verdad, no se nos ocurría ninguna.

—¿Puedo decir algo? —preguntó Álex—. Ya sé que he metido bastante la pata hasta ahora, pero ¿me dejáis que ponga mi granito de arena?

¡Claro! Todas las ideas eran bienvenidas, aunque, je, je, sin acusar a nadie todavía. Álex sacó su ordenador portátil y tecleó: Truccini. ¡Y magia POTAGIA!

Buscar noticias + magos + caniches + rarezas

Mago encuentra caniche perdido de Ramona de la Porra y el Porrón.

Miniramone, el caniche más popular de todas las mascotas VIP fue encontrado ayer por el mago Truccini de manera algo confusa. Los empleados de la señora De la Porra y el Porrón aseguran que el mago primero hizo desaparecer al caniche y luego lo hizo aparecer para cobrar la recompensa.

¿En qué quedamos?

Marc levantó la vista del ordenador.

—No las tengo todas conmigo con este Truccini —dijo—. Busca ahora Truccini y Río de Janeiro, Álex.

Una lista de noticias sobre Truccini cubrieron la pantalla. Y ahí estaba la que buscábamos.

EL GRAN Truccini

¡NADA POR AQUÍ, NADA POR ALLÁ Y TAMPOCO POR ACULLÁ!

GRAN FIESTA
en el Estadio MARACANÁ

El Gran Truccini se superará una vez más

¡¡SU MEJOR TRUCO!!

Tickets + bocadillo de salami ya a la venta por sólo 34.000.000 millones de reales+IVA

¡¡UN CHOLLO... MÁGICO!!

—¡Va a actuar! —dijo Álex.

—Para la elección de la Reina del Carnaval —precisó Liseta—. Mira, aquí está, en el estadio Maracaná.

¡Teníamos que ir a buscar a Truccini inmediatamente!

Ahora, además, iba a hacer su mejor truco ¿Qué podría ser?

—Hacer desaparecer el estadio Maracaná —afirmó Álex—. No tengo ninguna duda.

—¡Eso es imposible! —dijo Marc—. ¿Y con la gente dentro?

—O el Sambódromo —señaló Álex—. ¡Es una pasada!

—Lo mismo —rebatió Marc—. **NO** puede ser.

—Pues entonces, el Pan de Azúcar —añadió Liseta—. ¡Imaginaros qué fuerte!

—¿El pan **QUÉ**? —preguntó Álex incrédula—. **ESO** sí que es imposible.

¡Quién podía saberlo! Si era capaz de llevarse un cuadro delante de las narices de doscientos invitados, ¿por qué no iba a hacer desaparecer una montaña?...

¡Teníamos que encontrarlo pero YA!

El diario de Liseta

Mis looks favoritos

para ser la Reina del Carnaval, la chica de Ipanema...

Brazil Pop Art

¡Viva Brasil!

¡O la Reina Patatinha!

flor exótica del Amazonas

Las chicas de Ipanema

La elección de la reina del Carnaval era esa misma noche, por lo tanto, todavía teníamos unas horas para tratar de encontrar al mago. Y si no, lo encontraríamos seguro en el estadio, eso sí, junto a otros cientos de miles de personas.

Y Liseta lo tenía **MUY** claro.

—Perdonadme, pero **YO** aprovecho para ir a la playa. ¡Tengo un biquini que estrenar!

—¡Siempre pensando en lo mismo! —exclamó Álex—. ¡¡¡BBRRRRR!!! Aunque voto a favor.

—Gracias, Álex —contestó Liseta muy digna—, y con un poco de suerte, el mago Truccini será una persona sensata aunque ladrona, ¡y nos lo encontraremos bañándose o tomando el sol!

¡Eso sí que no! Si Liseta quería ir a la playa, iríamos a la playa. Pero lo de encontrar al mago haciendo castillos de arena ¡era totalmente absurdo!

—Igual se nos ocurre alguna idea en remojo... —sugirió Marc—, y al menos estaremos fresquitos.

Kira me miró como diciendo que a ella le parecía una idea **GENIAL**, je, je.

¡O sea que sí!

Nos fuimos a reflexionar a la playa. Por una vez estuvimos **TODOS** de acuerdo. Y pensar, se puede pensar en cualquier parte, incluida la playa, ¿no?

Dicho y hecho, en menos de una cuarto de hora estábamos cada uno tumbado en su toalla (¡y bien protegidos del sol!).

—¡Ah! —exclamó Liseta—, me chifla el aire del mar... y nadie lleva un biquini tan mono como el mío, ¿no os parece?

Pues a Álex **NO** se lo parecía.

—Ya te dije que no me gustan los biquinis —dijo—. Van en contra de mis principios. Y encima, el tuyo más que biquini es microquini.

Lo que pasaba era que Álex no se había llevado sus trajes de baño en la maleta y había tenido que enfundarse en una especie de saco con agujeros para las piernas y los brazos... Poco favorecedor, la verdad.

—El tuyo, desde luego, microquini no es, ji, ji —se rio Liseta—. Seguro que ganas lo de Reina Patatinha con ese look **patataquini**...

—Seguro que alguien se va a llevar su merecido si sigue riéndose —respondió Álex de muy mal humor.

Marc y yo nos reímos y al final todos corrimos a bañarnos. ¡Qué buena estaba el agua! *Kira* se lanzó de golpe con tan mala pata (y nunca mejor dicho) que levantó una ola gigante que cayó encima de Liseta y le dejó el pelo como una alcachofa mustia... **¡Uy! ¡Qué mal le sentó!**

—JA, JA —se rio Álex—. Igual ahora tú pones a la moda el *look* **FREGONAQUINI**

Afortunadamente, se olvidaron rápido del pique y nos pusimos a saltar olas.

¡GENIAL!

Liseta y yo salimos del agua y nos tumbamos bajo una sombrilla. Cuando vimos que la gente se arremolinaba un par de sombrillas más allá, Liseta se levantó de un golpe.

—¡Vamos a ver qué pasa!

Anduvimos unos metros, y en el centro de un corrillo, entre dos *garotas* guapísimas, con el sombrero puesto, una paloma en una mano y una varita en la otra estaba...

¡¡¡El Gran Truccini!!!
¡Al final, nosotros también éramos capaces de hacer magia!

—Liseta, tengo que pedirte perdón —le dije recordando lo absurda que me había parecido su idea de encontrar a Truccini en la playa.

—¿Y eso?

—Por nada, pero tú perdóname, ¿vale?

Liseta puso cara de no entender nada pero sacudió la cabeza afirmativamente.

—Tenemos que ir a buscar a los otros —dijo.

—No hace falta —respondió Álex susurrándome en la oreja—. Hemos visto lío desde el agua y ya estamos aquí... Es Truccini, ¿no? ¿Cómo lo atrapamos?

Marc también se había acercado y estaba haciéndome señas. Las señas especiales del **MANUAL DEL AGENTE SECRETO PARA PRINCIPIANTES**, para las ocasiones en las que no se puede hablar. ¡Y **NO** entendía nada!

—¡Ahora me toca a mí! —exclamó una de las dos señoritas que rodeaban a Truccini.

—Encantado, belleza —dijo el mago, galante.

La chica se rio y señaló algo levantándose la melena.

—¿Puede hacer desaparecer este lunar peludo que tengo en el hombro?

Truccini puso cara de asco pero sonrió llevándose la mano al sombrero.

—Pero si ese lunar es el secreto de su atractivo, palomita... Mejor le saco una moneda de cincuenta reales de la oreja, ¿vale?

¡**UF!** Ya estaba sacando cosas de las orejas. Ojalá no sacara nada de las narices, a lo que era tan aficionado.

Entonces, Truccini nos vio y puso aún más cara de asco.

—¿Qué hacéis vosotros aquí? —preguntó.

—Díganoslo usted, adivino —respondió Álex—. ¿Cómo es que no ha adivinado nuestra presencia?

¡Uy, QUÉ peligro!

Como Álex siguiera por ese camino, Truccini no tardaría en hacernos una de sus escapadas por sorpresa. O hacernos desaparecer a nosotros.

—¿Seguro que no ha adivinado todavía quién es el *Barbas*? —continuó Álex acercándose al mago y tirándole de la barba—. Porque yo también tengo poderes y cada vez veo las cosas más **CLARAS**.

Entonces, el Gran Truccini levantó los brazos y comenzó a chillar muy enfadado.

—¡Yo **SOY EL GRANNNNN Truccini**, y no soporto las burlas de una mocosa vestida con un saco de patatas! —gritó—. ¡Yo **ADIVINO** el futuro, aparezco y desaparezco, y soy capaz de sacar monedas de las orejas... y lapiceros de las narices!

—¡Y **MOCOS**, que yo lo he visto! —añadió Álex agarrándolo de la barba— Esta vez **NO** te me escapas, ¡pelotillero!, ¡**LADRÓN**!

Aquello ya fue demasiado; la cara del mago ¡estaba que echaba chispas! De repente, se levantó un remolino en medio de la arena y comenzó a aparecer humo de colores. El Gran Truccini desapareció dejando a Álex con su barba... en la mano.

Y la boca abierta.

—¡**Tengo la BARBA!** —exclamó mirando la barbita de Truccini con su goma y todo.

—¡Sí, pero no al **Barbas**! —señaló Liseta con cara de pocos amigos,

—**¡Y encima era postiza!** —dijo Álex, boquiabierta una vez más.

Álex había vuelto a hacerlo.

Otra vez estábamos sin...

¡NADA!

Tan sólo unas Barbas.

¿Sabías que?

Garota es chica en portugués.

Y la más famosa de todas es *La garota de Ipanema*, la chica de la canción de **Vinicius de Moraes**, la de: *Mira qué cosa más linda, más llena de gracia...*

Álex trata de arreglarlo

Volvimos a casa bastante chafados, la verdad; especial-mente Álex. Parecía que desde que habíamos llegado a Río, todo le salía **MAL**. Fuimos directamente a la cocina.

—¡No te preocupes, Álex! —dije alegremente—. Esta no-che estará en el estadio, y podemos aprovechar el tiem-po para recopilar un poco más de información del Gran Truccini.

—¡CLARO! —dijo Liseta.

Aunque Álex y ella tuvieran una manera diferente de ver las cosas, no le gustaba nada ver a nuestra amiga desani-mada.

—¡En eso eres una GENIA! Seguro que encontra-mos cosas que ni habíamos imaginado.

Álex se rascó la cabeza y sacó el ordenador que habíamos dejado allí antes de salir hacia la playa.

—Aquí está **TODO** —dijo conectándolo.

Álex trata de arreglarlo

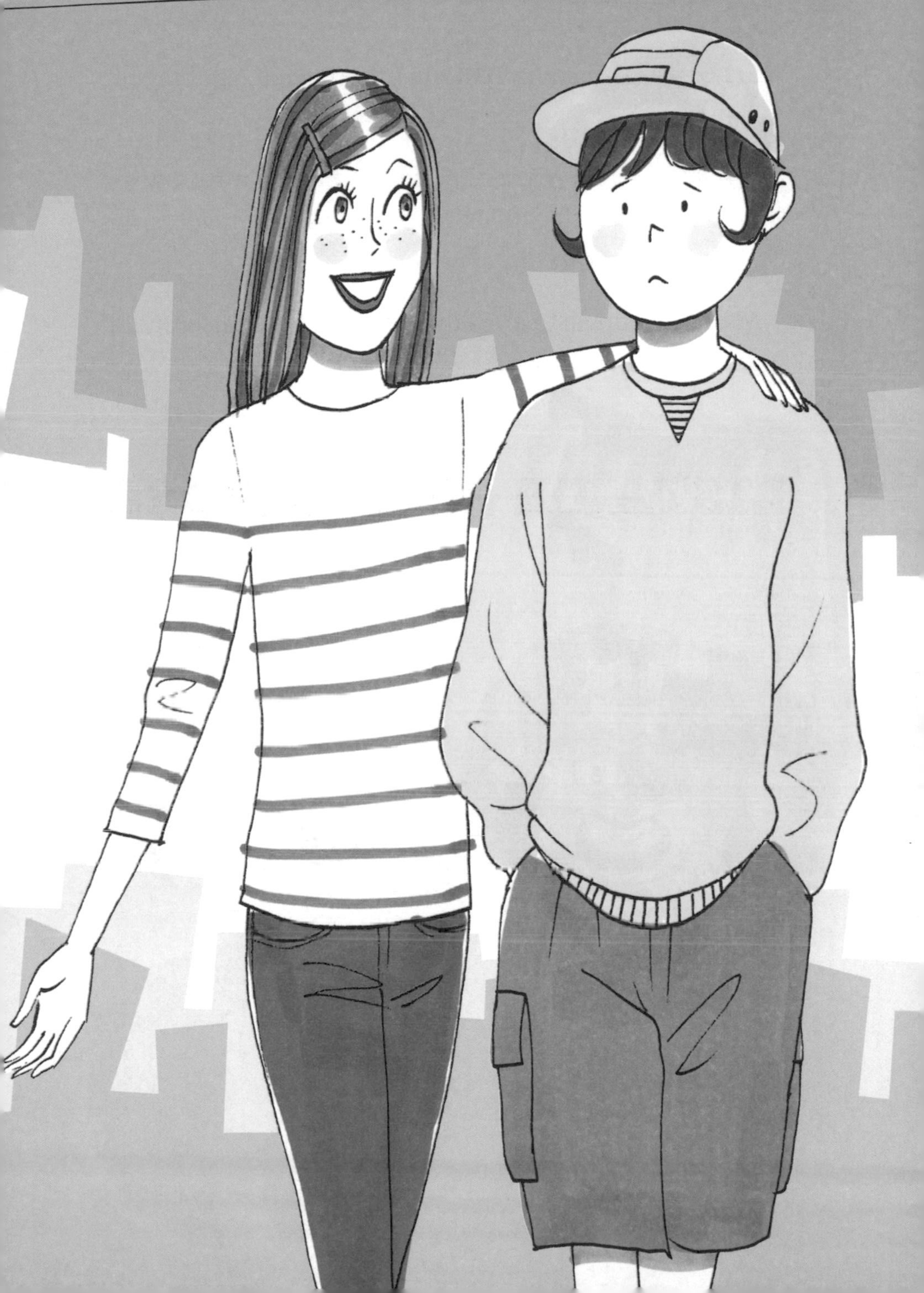

Era cierto. Ahí estaba **TODA** la información. Y sobre todo el mundo.

—A ver... —dijo Marc—, podemos buscar información de **TODOS** los posibles sospechosos, que a veces nos llevamos sorpresas.

Marc hizo una lista en la que estaban los cuatro invitados especiales de papá.

LISTA DE SOSPECHOSOS

KING POTATO

HARRY TRUCCINI

CHIP BYTES

AMANDA MANG

—¿Amanda Mang? —preguntó Liseta—. Pero si es una top model… No puede ser un ladrón de más de cien años con esa cara y ese *body*. **¡Imposible!**

—Hoy día la cirugía hace milagros —apuntó Álex—. Yo, sin embargo, eliminaría a Chip Bytes —dijo—. ¡Ni de broma un genio como él va a ir por ahí robando cuadros y estatuas. ¡Su labor es mucho **MÁS** importante!

Liseta no estaba dispuesta a eliminar a Chip de la lista si no eliminábamos también a AMANDA.

—Bueno, en principio el más sospechoso parece el GRAN Truccini —señaló Marc—. Pero no descartemos a nadie; alguien de los que estaban en esa habitación tuvo que robar el cuadro. **¡Y nosotros no fuimos!**

Dejamos a Potato por el famoso dibujo de patata con barba y todos estuvimos de acuerdo en mantener a Truccini como principal sospechoso (y culpable clarísimo, para Álex y Liseta).

Álex se conectó al ordenador y comenzó a buscar. Tecleó *robos*, *arte* y *barbas*.

En la pantalla aparecieron 80.572 resultados, y en la primera página:

Barbas, tu página de barbudos molones y divertidos
int.Barbas/barbamola /barbaatope/noalayilette

Ésa, claramente, no era.

Barbazul–el–temible
es.barbazul/qué–miedito–nos–da–ayyyyy

El temible Barbazul, conocido por encerrar a sus esposas en una torre para cortarles la cabeza...

—Esto tampoco es —dijo Liseta—. Pincha más abajo.

El Barbas. Güikipedia, la enciklopedia megaguay

es.Barbas/güikipedia/jarrrl.

Ladrón de obras extraordinarias del que se desconoce su identidad... (sigue).

—¡Pincha aquí! —pidió Marc.

Álex hizo clic y toda la información se abrió ante nuestros ojos.

¡Por fin íbamos a saberlo TODO sobre el Barbas!

Y esta vez, gracias a Álex.

Los trucos de Álex

Cómo usar Internet y tu ordenador

1 Úsalo siempre con la supervisión de un adulto

2 No des datos sobre ti ni tus amigos o familia, como direcciones, nombres, etc.

3 Evita compartir fotos que sean muy personales.
¡Quién sabe si algún día serás alguien muy importante!
Entonces, no te gustará verte haciendo el ganso con tus amigos.

4 No hables con gente que no conozcas.
¿A que no lo harías en la calle? Pues en la red, tampoco.

Todo sobre el Barbas

Allí estaba toda la información que buscábamos:

GÜIKIPEDIA
LA ENCIKLOPEDIA MEGAGUAY

Iniciar sesión

Buscar

El Barbas

El *Barbas* es el mayor *ladrón* de obras de arte del mundo. Con un total de treinta y cinco obras extraordinarias robadas a lo largo de 125 años, el fenómeno jamás ha sido aclarado.

1. Obras robadas
2. Cronología
3. Leyenda de la barba
4. ¿Quién es el Barbas?

La Mona Felisa, con la "firma" del "otro" artista

El Barbas

El Barbas, tomado por un fotógrafo en los años 20

Obras robadas

Las obras robadas por el *Barbas* son siempre piezas extraordinarias, como la *Mona Felisa*, el *Caballero de la mano en el techo* y la escultura del *David* de *Monatello*.

Cronología

Su primer robo fue en el siglo XIX, y el último y más reciente hace veinticuatro horas (el *Retrato de mujer con sardina en escabeche*, de *Nicasso*).

Nombre de nacimiento	???
Fecha de nacimiento	???
Nacionalidad	???
Ocupación	Ladrón
Especialidad	Obras de arte

Leyenda de la barba

El *Barbas* deja en el lugar de la obra robada una copia con una barba pintada o postiza a modo de firma. Su colección de obras debe de ser una de las más importantes del mundo.

¿Quién es el Barbas?

El principal sospechoso fue *Ron Mango*, un equilibrista de *circo* y pintor fracasado que se ganaba la vida haciendo trucos de magia. Tras fallecer en *1925*, se encontraron varias barbas y pinturas en su poder, aunque nunca aparecieron las obras robadas.

Cuando terminamos de leerlo, nos miramos asombrados. Marc fue el primero en hablar.

—Según esta información, el *Barbas* tendría que ser más viejo que Matusalén.

—¡Más de cien años! —exclamó Liseta.

—Pero es imposible porque el *Barbas* murió en 1925 —añadió Álex.

—¡¡YA!! —exclamó Liseta—. Nadie puede estar vivito y coleando varios siglos robando alegremente... ¡Eso es imposible!

Liseta tenía razón: nadie era capaz de vivir tanto tiempo. Imposible imaginar a un ancianito de ciento veinticinco años saltando por la ventana con un cuadro enrollado debajo del brazo. Aunque... algo empezaba a rondarme por la cabeza.

—Imaginemos que **NO** murió —dije.

—¿Cómo que no murió?—dijo Álex riéndose—. Aquí dice que lo hizo, ¡y hace casi cien años!

No, no había muerto, pero sí, sí había muerto. Se me acababa de ocurrir una idea loca. Demasiado loca. ¿Imposible?

—¿Qué pasa, Zoé? —preguntó Álex—. He notado esa mirada tuya que puede llevarnos a resolver el caso o a pegarnos un buen tortazo igualmente.

Toda la Banda se acercó a escuchar con atención.

—¿Y si el *Barbas* pudiera vivir por los siglos de los siglos? —pregunté.

—¡Imposible! —respondió Liseta—. ¿Como en una película?

Bueno, sí. Había películas en las que pasaba algo parecido.

—¿Y si el *Barbas* no siempre fuera la misma persona? —añadí.

—¿Muchos *Barbas*? —preguntó Álex.

—¡Claro! —exclamó Marc—. Siempre es el *Barbas*, pero no es el mismo *Barbas*.

—¡Uf! —exclamó Álex—. Te pareces al padre de Zoé cuando decía que sabía quién era el ladrón, pero que no lo sabía.

—¿Y si después de un *Barbas* hubiera otro *Barbas* y luego otro, y otro?...

En ese momento ya los tenía a todos en el bolsillo. Con la boca abierta.

¡Y sin patatas fritas de por medio!

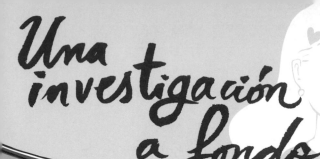

¡**Bien!** Por fin teníamos algo, aunque todavía no le hubiéramos puesto la mano encima a Truccini.

El *Barbas* era algo así como un oficio que se transmitía de padres a hijos.

—No nos detengamos aquí —dijo Marc—. Sigamos investigando la lista de sospechosos.

—¡Método, organización! —añadió Liseta—. Es lo que dice el Manual, ¿no?

Álex comenzó a teclear los nombres de la lista de sospechosos. ¡Y encontramos un **MONTÓN** de cosas! **TODOS** podían ser culpables.

Para empezar, King Potato tenía un pasado.

King Potato. Güikipedia.
es.king-potato-pepelu-pérez-patatín-tín-tín

King Potato creció en un pequeño pueblo donde aprendió el secreto de una buena patata frita. De pequeño le llamaban patatín, o Robin Patatín porque robaba patatas a los ricos para dárselas a los pobres.

Resultados de imágenes sobre **King Potato**

Ver más resultados para **King Potato**

—Éste es más viejo de lo que parece —señaló Liseta—. Podría ser unos cuantos de los *Barbas*, y desde luego, barba tiene.

—¡Y ya ha robado algo! —señaló Marc—. Aunque sólo fueran patatas, y por una buena causa.

—Pues volvemos a ponerlo en la lista —dijo Álex, y subrayó su nombre en la lista.

—Vamos con el siguiente —dijo Liseta—, el granTruccini. Éste **TAMBIEN** tiene pinta de ser el *Barbas*, por mucho que lo niegue.

Gran Truccini. Güikipedia.

nl.Truccini-gran-truchas-eltruchas-magodepacotilla

Harry Truccinio, Harry *el truchas* es un mago adivino que trabaja en espectáculos de fama mundial. Otros magos critican su afición a sacarse cosas de orejas y narices (dicen que es lo único que hace bien). Es el inventor del ventilador con humo de colores, un trasto que no se sabe muy bien para qué sirve.

Resultados de imágenes sobre **Gran Truccini**

Ver más resultados para **Gran Truccini**

En el terreno deportivo, ha sido campeón de los cien metros lisos y de salto con pértiga.

En cuanto a la polémica aparición de *Miniramone*, el caniche al que encontró con sus poderes, una de las empleadas de la casa afirma haber visto al mago Truccini saliendo de la casa con algo peludo y rizado dentro del bolsillo justo cuando se anunció su desaparición.

—¿Peludo y rizado? —repitió Álex—. ¡Liseta!

—¡Qué graciosa! —respondió Liseta enfurruñada—. ¡Te has pasado!

—Perdóoooon... era una broma —dijo Álex—. Seguro que él se llevó el caniche y luego dijo que lo había encontrado. ¡Buen truco!

Además, Truccini era campeón de velocidad, por eso podía desaparecer rápidamente. Y había inventado una máquina que recordaba sospechosamente a sus desapariciones rodeado de humo de colores. ¡Había que reconocer que llevaba todas las papeletas para ser el *Barbas*!

¡Vaya! Seguía siendo nuestro favorito, pero quedaban dos más.

—¿Y Chip Bytes? —preguntó Liseta—. Es un poco rarillo, ¿no? Siempre con ordenadores y todo eso... ¡Uy! Perdona, Álex.

Álex echó una mirada a Liseta conocida como la **MHTI** o **MIRADA HELADORA DE TOTAL IGNORANCIA** y siguió con su búsqueda, no sin antes añadir algo sobre su ídolo.

—CHIP BYTES no puede ser el ladrón porque es un genio, un líder espiritual, un **DIOS** de la tecnología, pero miraré para convenceros a vosotros también.

Chip Bytes. Güikipedia.

fr.chip-bytes-rarillo-internet-cuatroojos

CHIP BYTES es el fundador y creador de MARGI, la red aso-cial en la que para ser admitido tienes que comer solo en el comedor del cole sin excepción y cumplir al menos uno de estos requisitos:

- Llevar gafas de culo de vaso.
- Estar castigado todos los días.
- Encerrarte en tu cuarto y salir solo a buscar en la nevera.

Resultados de imágenes sobre **Chip Bytes**

Ver más resultados para **Chip Bytes**

Gracias a su invención, ahora él tiene millones de amigos (y de dinero), por lo que ha tenido que abandonar su red para marginados. Le ha sido retirado el título honorífico de *forever alone*.

Es un gran coleccionista de arte, aunque no tiene casa, ni coche ni perro que le ladre. No se sabe dónde atesora sus obras de arte.

¡Vaya! CHIP BYTES era aún más raro de lo que parecía. Y, desde luego, un ser tan misterioso también podía ser el *Barbas*.

—¿Por qué no? —preguntó Liseta—. Aquí dice que colecciona obras de arte y que **NADIE** sabe dónde guarda su colección.

—¡No es el *Barbas*! —exclamó Álex furiosa—. ¡Si ni siquiera había nacido cuando se cometió el robo anterior al del padre de Zoé!

—Vale, vale —terció Liseta—. Dejémoslo. **NO** es el *Barbas* y ya está. Pero sí podría ser **UNO** de los *Barbas*. Y además, colecciona arte. Marc, déjalo en la lista.

Sólo faltaba Amanda Mang. Y de ella encontramos millones de fotos: de pie, sentada, en biquini, sonriendo a la cámara, escalando muros... ¡En todas estaba guapísima!

—¡Un momento!
—dije—. ¿Escalada de muros? ¿Y qué dice de su padre, el Rey de los Casinos?

—Nombran a Mike Mangone, pero poco más —dijo Álex—. Ella se ha cambiado el apellido a Mang, que queda más chulo, porque Mangone...

—Espera, ¿el primer *Barbas* no se llamaba Mango, Ron Mango? —pregunté—. Mango-Mangone-Mang. ¡Encaja!

—Bueeeeno —dijo Liseta—, puede ser casualidad.

—Álex, baja un poco más —pedí—. Ahí, donde habla de la colección de obras falsas que hay en el casino de su padre.

Álex pinchó en la colección, y el ordenador se cubrió con las fotos de la *Mona Felisa*, el *David de Monatello*, el *Caballero de la mano en el techo...* Un momento, un momento: ¡si estaban tan bien hechas que parecían auténticas!

—¡Álex! —dije con una corazonada—, pincha en el casino, por favor.

El Mang Palace era un edificio impresionante, con fuentes de mil colores y copias de los monumentos más importantes de **TODO** el mundo. Y sin sistemas de seguridad antirrobos porque **NO** había nada auténtico que robar.

—¡Ya lo entiendo! —exclamé—. ¡¡**NO** son falsas!! Es el mejor truco que he visto jamás. ¡¡SON VERDADERAS!! Su colección es de obras auténticas, mezcladas con todos esos monumentos falsos para despistar. ¡Esto sí que es magia!

Para mí estaba clarísimo. El *Barbas* era Amanda Mang. Y antes, su padre, su abuelo, su tatarabuelo...

—Pues yo estoy segura de que el *Barbas* es el gran Truccini! —rebatió Álex.

—De eso nada —dijo Marc—, el *Barbas* es King Potato. Un ladrón de patatas experto en disimular.

—Estáis **TODOS** equivocados —anunció Liseta riéndose—. El *Barbas* es Chip Bytes, el típico coleccionista aparentemente inofensivo que resulta ser un delincuente dispuesto a todo por conseguir su obra favorita.

¿Podríamos ponernos de acuerdo en un **SOLO** sospechoso?

Esta vez no parecía difícil, sino
¡IMPOSIBLE!

El truco final

¡Vaya caso más complicado!

En vez de un sospechoso, ahora teníamos cuatro. Afortunadamente, los tendríamos a todos juntitos en la elección de la Reina del Carnaval, en Maracaná.

Salimos pitando (tipo Truccini, campeones de velocidad, je, je) hacia el estadio, corriendo entre la gente vestida con trajes multicolores y disfraces chulísimos.

¡El Carnaval es genial!

—¡Qué rabia! —exclamó Liseta—. Y yo sin poder vestirme adecuadamente. ¡Con lo que me gustan las plumas y las lentejuelas! Así no estaré jamás nominada a Reina... de nada.

—¡Caramba! —exclamó Álex—, se me había olvidado que yo **sí** estoy nominada a reina Patatinha.

¡Uf! Nos iba a costar llegar. ¡Las calles estaban llenas de gente que iba a la fiesta del carnaval y de grupos de gente disfrazada!

—¡Qué pena que no podamos participar! —exclamó Liseta tirando una serpentina.

—Pues si quieres disfrazarte, tengo una cosa para ti —dijo Álex rebuscando en su bolsillo—. Toma.

¡¡¡La Barba de Truccini!!!

Liseta no le hizo caso, y al final me la tuve que guardar yo para que no se quedara tirada en el suelo mientras seguíamos corriendo.

—Ya estamos —dijo Álex, y señaló el estadio Maracaná.

¡ERA IMPRESIONANTE!

—Hay que darse prisa o se nos escapará Chip Bytes. He oído que se lo llevan en helicóptero desde el estadio —afirmó Liseta.

¡¡¡GUAU!!!, qué nivel. Y a mí, nadie me hacía caso, pero el *Barbas* no era ni Bytes, ni Potato ni siquiera nuestro mago tan antipático y escapista. ¡Estaba segura de que el *Barbas* era la top model Amanda Mang. Y de alguna manera lo demostraría.

Así que entramos en el estadio. En unos minutos actuaría el Gran Truccini, y sobre el escenario, ya estaban las dos Amandas y Matilde esperando la decisión del jurado, compuesto por King Potato y Chip Bytes. ¡Era nuestra oportunidad! Y Álex se adelantó, decidida a hacerlo bien.

—¡¿Adónde vas, Álex?! —exclamó Marc tratando de detenerla.

—A atraparlos a todos, a todos los *Barbas*. Esta vez no se me va a escapar ni **UNO**.

El truco final

Álex se arrastró hasta donde estaban todos, y cuando iba a levantarse...

—Pero ¿qué haces aquí, gusano? —dijo nuestra Amanda dándole un taconazo.

—¡Eh! —gritó Álex—, ¡que todavía no han dicho quién es la **REINA**!

Algunas personas pitaron y Amanda se echó para atrás con cara de malhumor.

El presentador tomó el micrófono.

—¡Vamos a elegir a la Reina del Carnaval! —anunció—, pero primero elegiremos a la Reina Patatinha. Y la elegida es...

Amanda. (La mala, la nuestra, la más pesada del **MUNDO**.) Amanda se movió hasta el centro esperando recibir el premio.

—La REINA PATATINHA es... ¡¡¡Miss ÁLEX!!!

¿¿¿YOOOOOO???

Álex no daba crédito. ¡Ella, la Reina Patatinha!

El presentador hizo un gesto y Álex se puso de pie mientras King Potato le colocaba una corona rematada con... patatas.

—Esperad que salude a mis fans —nos susurró muy nerviosa—. Enseguida estoy y atrapamos a los *Barbas*.

Entonces, el presentador anunció a la Reina del Carnaval.

—¡La famosísima cantante y actriz... MAAAAAAAATILDE! —exclamó dirigiéndose hacia mi hermana.

¡¡GUAU!! Matilde, Reina del Carnaval. Y como primera y segunda Dama de honor, las dos Amandas, con cara de dolor de tripa por no haber ganado.

La gente aplaudía sin parar. ¡Parecía que el Maracaná iba a derrumbarse! Matilde y Álex bajaron del escenario sujetando sus coronas y saludando a sus fans. Teníamos que acercarnos a los sospechosos cuanto antes, pero estaba resultando imposible.

—¡Rápido! —dijo Marc—. ¡Tenemos que atrapar a Potato antes de que se marche en su jet privado!

—¡Y a Chip, que se pira en helicóptero! —añadió Liseta.

—¡Y al Barbas de chivo, al Truccini ese, experto en desapariciones! —dijo Álex.

Entonces, el presentador anunció al Gran Truccini. Las luces se apagaron y en medio del escenario apareció el mago, todavía rodeado de las dos Amandas, de Potato y de Chip Bytes.

—¡Van a presenciar ustedes mi mejor actuación! ¡La cumbre de mi carrera! ¡¡UNA GENIALIDAD!!

Y de repente, se apagaron las luces, y todos ellos, allí presentes en el escenario, desaparecieron.

¡PUES VAYA, NOS HABÍAMOS QUEDADO SIN NINGÚN SOSPECHOSO!

¿Y ahora QUÉ?

Las notas de Marc

MAGOS FAMOSOS

Harry Houdini

El mago. Vivió en el siglo XX y deslumbró a su público con su habilidad para salir de cajas fuertes cerradas, atado con cadenas y dentro de un tanque de agua.

DAVID COPPERFIELD

Hizo «desaparecer» un avión de pasajeros y la Estatua de la Libertad. Si alguien tiene la suerte de ir a Las Vegas, igual podrá ver uno de sus espectáculos.

EL MAGO MERLÍN

Nuestro favorito. El más antiguo, del siglo VI, inseparable de una lechuza. Si te gusta la magia y las historias maravillosas, no te pierdas *Las aventuras de un yanqui en la corte del rey Arturo*, de Mark Twain. **¡Un libro divertidísimo!**

Adiós, Barbas, adiós

¡No podía creerlo! Casi lo habíamos resuelto y al final nos habíamos quedado con tres palmos de narices. Allí ya no teníamos nada que hacer, así que mejor volver a casa.

Cuando llegamos, papá nos esperaba en la puerta. ¿Qué habría pasado?

—**¡Zoé!** —dijo muy alterado—, os estaba buscando. ¿A que no sabes lo que ha ocurrido? **¡Qué barbaridad!**

Se le veía muy contento, y detrás de él venía Matilde sujetándose la corona de Reina con una mano y el vestido con la otra.

—¡Ha aparecido el cuadroooo! —gritó Matilde nada más vernos.

¡¡¿¿QUÉEEEE??!!

—Sí —confirmó papá—, el *Retrato de mujer con sardina en escabeche (y currusco de pan)* ha aparecido colgado en su sitio... por supuesto, sin barba. **¡El auténtico!**

Álex, Liseta, Marc y yo nos miramos asombrados. Ya no había robo, por lo tanto no hacía falta buscar al ladrón. Aun así...

—¡No podemos quedarnos sin saber quién es el *Barbas*!—exclamé!—. Tenemos que resolverlo.

—Zoé, no le des más vueltas; el *Barbas* es Chip Bytes —dijo Liseta—. A estas horas estará contemplando su colección, encerrado en su cuarto, rodeado de ordenadores.

—¡YA! —exclamé—. ¿Y por qué lo ha devuelto?

—... Errrr —tartamudeó Liseta—, pues porque es vegetariano estricto y le molesta la sardina, aunque sea en escabeche.

Por una vez, Marc estaba muy impaciente.

—**NO**, no y no —dijo—. King Potato es el *Barbas*. Nos ha hecho el truquito del ser inofensivo, amante de los ositos de peluche. ¡La tapadera perfecta para ocultar a un astuto ladrón!

—Pero —protestó Álex— ¡si es el mejor! ¡Si hasta me ha nombrado Reina Patatinha!

Ninguno daba su brazo a torcer.

—Esta vez os equivocáis todos —sentenció Álex—. El malo es el que parece más malo: el Gran Truccini. Y ya está. No hay que buscar más allá. Ése es el típico truco de mago: distracción.

Papá y Matilde no entendían muy bien por qué estábamos discutiendo, pero nos acompañaron a la cocina, donde quedaban los restos de la fiesta.

—¡GUAU! —exclamó Álex—. ¡Naranjada fresca! ¡Y tartaletas de ensaladilla! ¡Y bollitos con nueces y corteza de limón, mis favoritos! ¡Y galletas con chips de chocolate blanco y chocolate negro! ÑAM, ÑAM.

¡Vaya chasco! La casa estaba vacía. Los invitados se habían marchado y sólo quedábamos nosotros. Bueno, y la ensaladilla, je, je.

—Por cierto, Amanda todavía está aquí —dijo papá.

—¿Amanda la mala? —preguntó Álex.

—¡¡ÁLEX!! —reprendió papá—. Amanda puede ser un poco... especial, pero en el fondo no es mala persona.

Todos nos reímos. Bueno, era una manera de verlo. Por lo menos, no se dedicaba a robar cuadros, de eso sí estábamos seguros. Aunque si había aparecido la obra, técnicamente ya no era robar, ¿no?

—No, está Amanda Mang —dijo papá—. Quería despedirse de mí y, bueno, de vosotros. Eso es lo que me ha dicho. Está terminando de recoger sus cosas. Ahora viene un coche a recogerla.

¡Amanda MANG seguía ahí!

—Dice que lo ha pasado muy bien aquí y que se lleva un recuerdo estupendo y para toda la vida de su estancia con nosotros, pero bueno, que os lo diga ella.

Los demás me miraron con otra de nuestras miradas en clave, la **MOQSSONPC** o **MIRADA DE OJOS QUE SE SALEN DE LAS ÓRBITAS PORQUE NO TE LO PUEDES CREER**.

Salimos corriendo de la cocina antes de que se nos escapara de nuevo.

—¡Esperad que me lleve un bollito para el camino! —pidió Álex.

—¡Pero si el camino son tres metros! —repliqué.

—Nunca se sabe —dijo Álex metiéndose tres en el bolsillo.

Llegamos y... ¡La puerta de la habitación de Amanda estaba abierta!

Echamos un vistazo rápido.

¡Estaba vacía!

—¿Así que sigues pensando que Amanda Mang es el **Barbas**? —preguntó Liseta bajando hacia el ascensor—, pues tenemos la ocasión de comprobarlo.

Atravesamos el portal y salimos a toda mecha hacia la calle. Una impresionante limusina estaba aparcada delante. El portero cerraba la puerta en ese mismo momento. **¡Se nos iba a escapar!**

Entonces, la ventanilla trasera bajó. Y allí, detrás del cristal estaba ella, Amanda Mang.

—Tengo algo que deciros —dijo la modelo sonriendo—. Estos días con vuestro padre y Matilde, y su generosidad y amabilidad, han cambiado mi vida. Veo las cosas de otra manera... ¡Y voy a casarme!

¡¡¿¿QUÉEEEEE??!!

Entonces apareció otra cara mal afeitada y con los pelos revueltos al lado de la de Amanda. **¡Era Chip Bytes!** Álex soltó un pequeño suspiro de decepción. ¡Su amor platónico, casado con una top model! Así era imposible competir.

—**¡¡Amanda!!** —grité mientras la ventanilla comenzaba a subir—. ¿No tienes algo más que contarnos?

Y justo antes de que se cerrara, Amanda pronunció tres palabras más.

—¡Lo siento mucho!

Y yo estoy **TOTALMENTE** segura de que lo dijo, pero el resto de la Banda dice que **NO**.

Entonces, y eso sí que lo vi (aunque los demás tampoco), Amanda Mang sacó una pequeña barba postiza, se la colocó a la altura de la barbilla y me guiñó un ojo.

Yo, entonces, saqué la que me había dado Álex, me la puse y le sonreí.

—Pero ¿qué haces? —me preguntó Liseta—. ¿Por qué te pones una barba?

—Por nada... —dije sonriendo. Me quité la barba y la guardé para acordarme de algo:

¡Todos tenemos
derecho a reparar
nuestros errores
y a cambiar!

(Sobre todo si es a **MEJOR**, ¿no?)

Adiós, Barbas, adiós

¡JELUU!

COTILLEO SEMANAL - NÚM. 3.325.486

¡Hola, en Canarias!   ¿Qué tal, en Portugal?

¡BODA A LA VISTA!

El amor… ¡Ay!, ¡qué bonito es el amor!

La top model **Amanda Mang** y el geniecillo de Internet **Chip Bytes** se han enamorado locamente estando invitados en la residencia de un importante empresario y benefactor de la sociedad. ¡Y van a casarse!

La boda se celebrará en el Mang Palace, propiedad del padre de la novia, que, para celebrarlo, ha hecho una donación de su colección de obras falsas al museo de la ciudad. Los padrinos serán unos completos desconocidos. Una tal **Zoé** con sus amigos **Álex**, **Marc** y **Liseta**, y un perro, llamado *Kera* o *Kara*, o *Kirra*… En fin, hasta Perico el de los Palotes, añadimos nosotros.

Los tortolitos están felices y comerán perdices. Y esto va a ser un

¡¡¡FIESTÓOOOOOOOOOOON!!!

Las notas de Marc

Sabías que...

En verdad, desapareció... la Estatua de la Libertad

El mago **DAVID COPPERFIELD** hizo «desaparecer» la Estatua de la Libertad. Evidentemente, la cosa tenía truco. Situó al público frente a la estatua, y la cubrió con un panel que la tapaba de su vista, a la vez que hacía girar la plataforma en la que se sentaba el público tan despacio que no se dieron cuenta.

De esa manera, en lugar de mirar hacia la estatua, miraban hacia otro punto, en el que evidentemente, no había estatua.

CONSIGUE EL CARNET DE
La Banda de Zoé

Hazlo tú misma.

1. Recorta esta página por la línea de puntos y pega tu foto en el recuadro.

2. Rellena los datos... y echa una firma en la línea de puntos.

¡YA tienes tu Carnet de La Banda de Zoé!

Ahora sólo te falta un caso por resolver...

La Banda de Zoé

Nombre
....

Me chifla
....

No soporto
....

LA PRÓXIMA AVENTURA
DE LA BANDA DE ZOÉ

Es en Venecia. **¡Y me encanta!** ¿Alguna vez has estado en la ciudad de los canales? Apresúrate porque dicen que cada año se hunde un poco más...

Matilde es la estrella del carnaval de Venecia, aunque Amanda, claro, no esté muy de acuerdo. Y entre gondoleros, camisetas de rayas y *Kira*, que no para de lanzarse a los canales para darse un buen chapuzón, la Banda debe resolver el misterio más palpitante de su historia.

¿Te atreves a vivirlo con ellos?

¡Consigue tu carnet de La Banda de Zoé!

www.labandadezoe.es